It's Christmas, Eve

WINTERZEIT IN SPARKLE HEIGHTS

ROMAN

NATALIE ELIN

It's Christmas, Eve

WINTERZEIT IN
SPARKLE HEIGHTS

Bibliografische Information der Deutschen Nationalbibliothek: Die
Deutsche Nationalbibliothek verzeichnet diese Publikation in der
Deutschen Nationalbibliografie; detaillierte bibliografische Daten sind
im Internet über dnb.dnb.de abrufbar.

Herstellung und Verlag:

BoD – Books on Demand, Norderstedt

ISBN: 978-3-7504-2198-1

Für Mama.

Playlist

Chris Rea - Driving Home for Christmas

Shakin' Stevens - Merry Christmas Everyone

Melanie Thornton - Wonderfull Dream

Sarah Connor - Christmas In My Heart

Why don't we - Felize Navidad

Katy Perry - Cozy Little Christmas

Why don't we - Kiss you this Christmas

Liam Payne - All I want (for Christmas)

Annie Lennox - Universal Child

Ingrid Michaelson & Jason Mraz - Christmas Valentine

Jessie J. - Man with the Bag

John Legend - Under the Stars

Dean Martin - Rudolph the Red Nosed Reindeer

Sia - Santa's Coming For Us

Sarah Connor - A Ride In The Snow

Ariana Grande - Santa Tell Me

Cascada - Somewhere At Christmas Time

Frank Sinatra - Jingle Bells

Michael Bublé - Winter Wonderland

Kapitel 1

»Was mache ich hier eigentlich, verdammt?«
Fluchend klappte ich mein Notebook zu. Ich ließ mich
kopfschüttelnd in meinen Sitz fallen, wobei mein Blick
an der erschrockenen, älteren Frau hängen blieb, mit
der ich mir, seit drei Stunden, stumm dieses Abteil
teilte. »Entschuldigung«, murmelte ich kleinlaut und
schenkte ihr ein schüchternes Lächeln.

Ich spürte, wie die Müdigkeit mich zu übermannen
drohte, dabei verriet mir der Blick auf meine
Armbanduhr, dass es erst mittags war. Seufzend schloss
ich die Augen und lehnte den Kopf gegen die eiskalte
Fensterscheibe. Das sanfte Vibrieren des Zuges drohte
mich augenblicklich in einen tiefen Schlaf zu wiegen.
Damit dies nicht geschah, zwang ich mich dazu, den
Blick aus dem Fenster zu richten.

»Das ist wunderschön, nicht wahr?« Die sanfte

Stimme der Frau drang an meine Ohren und ich nickte.

»Ja.« Ich schluckte. »Das ist es wirklich.« Der Zug schlängelte sich durch ein wahres Winter-Wunderland. In der Ferne erkannte ich einen Nadelwald, der aussah, als wäre er von einer dicken Schicht Zuckerguss überzogen. Millionen von Schneeflocken wurden vom Zug verdrängt und verwirbelten sich wie ein glitzernder Tornado, ehe sie sich auf der Erde zur Ruhe legten.

Ein kleines Lächeln stahl sich auf mein Gesicht und ich atmete erschöpft aus, wobei die Scheibe vor meinem Gesicht beschlug. Ich hob die Hand an und malte eine Schneeflocke ans Fenster, die wenige Sekunden darauf wieder verschwunden war. Aus dem Augenwinkel sah ich meinen Laptop und sofort waren da dieser Stein in meiner Magengrube und der Kloß in meinem Hals. Kurzerhand griff ich danach und verstaute ihn im Rucksack. »So, und da bleibst du bis nächstes Jahr«, flüsterte ich und wünschte mir inständig, mich gerade nicht selbst belogen zu haben. Es war höchste Zeit, einen gewissen Abstand zwischen mich und meinen Alltag zu bringen.

Das plötzliche Quietschen der Schiebetür, die unser Abteil vom Gang trennte, ließ mich zusammenzucken. Ich war zwar schon immer unheimlich schreckhaft gewesen, doch dieser mies gelaunte Schaffner hatte es garantiert darauf angelegt, die Passagiere zu erschrecken. Dem war ich mir absolut sicher.

»Die Fahrkarten«, blaffte er uns mit

zusammengekniffenen Augen an. Meine Grandma Sophie hätte seinen Gesichtsausdruck als siebentägiges Regenwetter beschrieben.

»Das heißt, *Bitte*, junger Mann«, pikierte sich die Frau, setzte sich aufrecht hin und schnalzte mit der Zunge, während sie zeitgleich ihr Buch zuschlug. Verblüfft starrte ich sie an. Bis vor wenigen Sekunden wirkte sie auf mich wie eine liebe Omi und im nächsten Moment machte sie meiner ehemaligen, Furcht einflößenden Direktorin Mrs. Rutherford aus der Junior High Konkurrenz.

»Äh Verzeihung. Bitte.« Er verschluckte sich fast an seiner eigenen Zunge. »Madame.«

Ich verkniff mir nur schwer ein Kichern und kramte in meinem Rucksack nach meinem Smartphone, um die App zu öffnen, über die ich mir mein Online-Ticket gekauft hatte. Betont gleichgültig hielt ich es ihm hin, damit er den Barcode einscannen konnte.

Mir entging nicht das Zittern in seiner Hand, als er das ausgedruckte Ticket der Frau checkte. »D-danke«, nuschelte er und verschwand schnell wie der Wind aus unserem Abteil.

»Das war ziemlich cool«, grinste ich sie an und schob meine blonden Locken hinter die Ohren.

Die Augen verdrehend winkte sie ab und schenkte mir ein Lächeln. »Danke. Fahren Sie nach Hause?«

Eine warme Welle breitete sich in meinem Inneren aus und ich nickte. »Ja, ich war lange nicht mehr bei meiner Familie. Und Sie?« Eine kleine, unverbindliche Unterhaltung war genau das, was ich jetzt brauchte, um mich auf andere Gedanken als den Job zu bringen.

»Ich besuche meine Schwester«, erzählte sie. »Wir wechseln uns jedes Jahr ab und verbringen die Weihnachtszeit zusammen.«

»Das klingt schön«, seufzte ich und dachte an meine große Schwester Gemma, zu der ich nie ein besonderes Verhältnis aufbauen konnte.

»Alles in Ordnung? Ihr Gesichtsausdruck ist binnen einer Sekunde von voller Vorfreude zu hoffnungslos gewechselt.«

Ich schüttelte den Kopf und pfriemelte am Ärmelsaum meines übergroßen Wollpullovers herum. »Sie sind gut«, lächelte ich. »Meine große Schwester und ich verstehen uns leider nicht besonders. Wir sind einfach nie einer Meinung.«

»Ach«, lachend zuckte sie die Schultern. »Wir haben uns auch erst so richtig lieben gelernt, als wir die Zwanziger weit überschritten hatten.«

Ich seufzte. »Dann besteht ja noch Hoffnung.«

Sie zwinkerte mir zu und griff nach ihrem Buch. »Wenn eines auf dieser Welt beständig ist, Liebes, dann ist es die Hoffnung.«

***

Mir war der letzte Satz, den diese unbekannte Frau

gesagt hatte, einfach nicht aus dem Kopf gegangen. Als sie sich wieder dem Lesen zugewendet hatte, fischte ich meine Kopfhörer hervor, wählte eine Weihnachtsplaylist aus und beobachtete, wie die Winterwelt an mir vorbeizog. Wenn ich mich auf eine Sache verlassen konnte, dann die, dass mich jedes Jahr die weiße, schützende Decke begrüßte, sobald ich mich Sparkle Heights näherte.

Je weiter wir ins Land fuhren, desto höher ragten die Berge in den Himmel, desto dichter wurden die Wälder und desto leichter wurde es mir ums Herz. Es war, als hätte der bloße Anblick der schneebedeckten Bergspitzen, die sich durch die Wolken kämpften, die Macht all die schwarzen Gedanken aus mir zu vertreiben. Nachhausekommen war in diesem Jahr so viel mehr für mich geworden. Es war nicht nur das Wiedersehen mit meiner Familie und meinen Freunden. Nachhausekommen war die Flucht aus einer Realität, deren Schwarz und Weiß mir erst jetzt, wie ich in diesem Abteil saß, richtig bewusst wurde.

Ich atmete einmal tief ein und schloss für einen Moment die Augen, um mich wieder zu fokussieren. Was war denn nur los mit mir? War denn nicht alles exakt so, wie ich es mir gewünscht hatte? Ich hatte erreicht, was ich mir vor vielen Jahren vorgenommen hatte. Doch warum spürte ich dann diesen Stich im Herzen, sobald ich an mein winziges Appartement in Brooklyn dachte? Die Wohnung, die ich mir ohne jegliche Hilfe finanzierte und die mein geliebter Zufluchtsort war? Es war einfach nicht fair, dass mich dieses Gefühl der Leere heimsuchte. Immer und immer wieder.

Kapitel 2

»Da sind sie«, flüsterte ich und unterdrückte die aufkommenden Freudentränen, als der Zug in den winzigen Bahnhof einfuhr und kreischend zum Stillstand kam. Ich hatte Mom und Dad bereits von Weitem gesehen. Das war allerdings keine große Leistung, denn sie waren die einzigen Personen weit und breit.

Die *Sparkle Heights Train Station* war außerhalb des Stadtkerns gelegen und wenn man dorthin gelangen wollte, musste man den winzigen und uralten Bus nehmen, mit dem ich schon gefahren war, als ich noch ein Kind war.

Kaum, dass sich die Türen der Bahn automatisch entriegelten und öffneten, quetschte ich mich samt Koffer und Rucksack hindurch.

»Mom! Dad«, rief ich und ließ mein Gepäck

unbeachtet im knöchelhohen Schnee stehen, als ich auf meine Eltern zulief. Oder aufgrund des hohen Schnees eher stapfte. So wie ich Sparkle Heights kannte, kam der Winterdienst kaum mehr hinterher.

»Eve!« War das einzige Wort, das Mom hervorbrachte, während sie mich fest in ihre Arme schloss, dass ich kaum noch Luft bekam. Ich vergrub meinen Kopf an ihrer Schulter und atmete ihren Mama-Duft ein, der mir sofort die Tränen in die Augen jagte.

»Mommy«, schniefte ich und gab ihr einen dicken Kuss auf die Wange, ehe ich mir unbeholfen mit dem Handrücken über diese strich. »Du bist ja total kalt. Wartet ihr etwa schon lang?«

Sie schüttelte den Kopf, schluchzte und streichelte meine Wange.

»Dad?« Ich brachte ein Lachen zwischen all den Tränen der Wiedersehensfreude heraus und drehte mich zu ihm.

»Seit dreißig Minuten«, flüsterte er mir ins Ohr, als auch er mich in eine lange Umarmung zog und mir einen Kuss auf den Scheitel drückte.

»Daddy«, murmelte ich an seiner Brust, die mich so oft vor bösen Monstern beschützt hatte und mir Halt gab, wenn ich ihn brauchte. Ich stellte mich auf die Zehenspitzen, um ihm ebenfalls einen Kuss auf die bärtige Wange zu drücken.

»Es ist so schön, dich zu sehen«, schniefte Mom, hakte sich bei mir unter und bedeutete Dad mit einem

Handwink, dass er mein Gepäck im Kofferraum des Autos verstauen sollte. Ich formte ein entschuldigendes ‚Sorry' in seine Richtung, doch er winkte nur grinsend ab.

Wenige Augenblicke später vibrierte das Auto, als Dad den Motor startete. »Lasst mich raten«, säuselte ich. »Sparkle Heights macht seinem Namen bereits alle Ehre und leuchtet an jeder möglichen Ecke?«

»Selbstverständlich«, strahlte Mom, die die Weihnachtszeit mindestens so sehr liebte wie ich, wenn nicht sogar etwas mehr. »Wollen wir nachher -«

»- einen Spaziergang machen und uns danach vor dem Kaminfeuer aufwärmen?«, unterbrach ich sie. »Na klar, wie jedes Jahr.«

»Schön, Liebling«, schniefte sie und wischte sich verstohlen eine Träne aus dem Augenwinkel.

»Mom«, lachte ich gerührt und schluckte erneut den Kloß in meinem Hals herunter. »Hör bloß auf.«

»Ja, ja, ja«, hörte ich sie leise nuscheln, ehe sie sich lautstark die Nase putzte.

Ich genoss die kurze Fahrt durch meine winzige Heimatstadt und erkannte zufrieden, dass sich nichts geändert hatte. Jede einzelne Laterne war mit Tannengestecken und rotem Stoff verziert. Sämtliche Sitzbänke schmückten große, rote und weiße Schleifen und an den Eingängen zu den Geschäften standen leuchtende Rentiere, riesengroße Zuckerstangen oder wackelnde Schneemänner. Alles in Sparkle Heights schrie nach Weihnachten. Und alles in mir schrie danach, diese besondere Zeit im Jahr noch mehr zu genießen, als all die Jahre zuvor. Denn ich brauchte es mehr denn je.

***

»So.« Dad stellte meinen Koffer im Eingangsbereich ab und zwinkerte mir zu. »Brauchst du eine Führung oder erinnerst du dich noch an alles?«

Empört boxte ich ihm gegen den Oberarm. »Du übertreibst«, tadelte ich ihn und griff nach meinem Koffer. »Äh. Mein Zimmer war irgendwo dort oben, richtig?«, witzelte ich und streckte ihm die Zunge heraus, während ich mein Gepäck Stufe für Stufe die Treppe hochwuchtete.

»Frech wie eh und je«, lachte Dad und folgte Mom in die Küche, von der der wunderbare Duft frisch gebackener Plätzchen ausging. Gott, ich liebte es, wieder hier zu sein.

In der oberen Etage stellte ich meinen Koffer an die Wand und holte den langen Stab aus der winzigen Kammer, mit dem ich nach dem Haken in der Decke hangelte, um die Treppe herunter zu ziehen, die mich zu meinem Zimmer auf dem ausgebauten Dachboden führte. Das Haus war zwar klein, doch hatten wir immer das Beste daraus gemacht. Das Erdgeschoss bestand lediglich aus einer großen Küche und dem angrenzenden Wohnzimmer, von dem aus man auf die Terrasse und in den Garten gelangte. Im Obergeschoss waren das Schlafzimmer meiner Eltern und ein weiteres, das Gemma und ich uns geteilt hatten, bis sie neun und ich sechs Jahre alt gewesen war.

Mom und Dad hatten sie damals vor die Wahl gestellt und sie hatte sich entschieden, dass es cooler wäre, mich raus zu schmeißen, statt selbst umzuziehen. Ich wusste und spürte aber später genau, wie sehr sie ihre Entscheidung bereute. Denn jetzt mal ehrlich: Wer hätte denn nicht den ausgebauten Dachboden genommen?

Vorsichtig hievte ich meinen Koffer die schmale Treppe hoch, darauf bedacht, nicht zu stolpern oder das Gleichgewicht zu verlieren. Es gab kein Geländer und nur ein falscher Schritt konnte einem zum Verhängnis werden. Es war ein Wunder, dass ich kein einziges Mal heruntergefallen war, wo ich doch so ein Tollpatsch sein konnte.

»Hallo Zimmer«, begrüßte ich mein Zuhause und klappte den Boden zu, damit ich nicht versehentlich stürzte und auch, damit ich für ein paar Minuten die Stille und das Alleinsein genießen konnte. Tief einatmend nahm ich den Duft der frischen Bettwäsche und der kühlen Luft im Raum wahr. Das monotone Surren im Raum gab mir den Hinweis, dass die Heizung auf Hochtouren lief. Wie ich Mom kannte, hatte sie den halben Vormittag damit verbracht, jede kleinste Ecke des Dachbodens zu putzen und die frische Winterluft hinein zu lassen. Mir fiel auf, wie ich es vermisst hatte, zu atmen. Nicht nur Luft zu holen, sondern die frische Luft, die nicht vom Smog der Großstadt geschwängert war, zu inhalieren.

Mein Blick wanderte herüber zu dem riesigen, dreieckigen Fenster. Vor diesem erstreckte sich unser beschaulicher Garten und in der Ferne ragte das Gebirge in den Himmel. Der Anblick war zwar zu jeder Jahreszeit atemberaubend, aber erst im Winter wohnte diesem ein ganz besonderer Zauber inne.

Ich lief herüber zu meinem Bett, um die Lichterkette anzuknipsen, die ich dort als Teenager drapiert hatte. Gleich darauf folgten Lichter an meinen Fenstern und den Wänden und ehe ich es mich versah, breitete sich das nervöse Kribbeln in mir aus, das mich immer überkam, wenn ich hier war. Ich zog den Koffer hinter mir her zum Kleiderschrank und schaute meinem Spiegelbild in die hellbraunen Augen. Ich konnte mich noch so oft selbst im Spiegel betrachten. Erst, wenn ich hier war, in meinem Zimmer bei meinen Eltern, und mich in dieser Umgebung sah, fiel mir auf, wie die Jahre an mir genagt hatten. Wann hatte ich diese Fältchen um die Mundwinkel bekommen? Waren meine Augenringe seit dem letzten Mal etwa eine Etage tiefer gewandert? Nicht mehr lange, und sie würden mir an den Knien kleben.

Ich war 26 Jahre alt und wünschte, mich für immer

hierher flüchten zu können, da ich der großen Stadt nicht mehr gewachsen war. Sieben Jahre hatten ihre Spuren hinterlassen und ich begann langsam zu realisieren, dass ich etwas ändern musste, um nicht doch in tausend Scherben zu zerspringen.

Kapitel 3

»Bist du soweit, Schatz?« Ich hörte Mom zögerlich an meine geschlossene Falltür klopfen.

»Gleich«, rief ich. »Komm doch rein.« Ich war dabei, das letzte Kleidungsstück im Kleiderschrank zu verstauen, und lächelte Mom zu, als ihr Kopf auf Höhe meiner Füße erschien und sie schließlich ins Zimmer kletterte, um zu mir zu kommen.

»Wie ich sehe, bleibst du deinem Faible für viel zu große Winterpullover treu.« Sie fuhr mit ihrer Hand über meine Kleidung, die ich der Reihe nach auf die Kleiderstange gehängt hatte.

Den Kopf schief gelegt zeigte ich auf ihre karmesinrote Strickjacke, die ihr bis zu den Schienbeinen reichte. »Von wem ich das wohl habe?«

Sie zuckte mit den Achseln und lächelte. »Ich habe keinen blassen Schimmer.« Ruckartig drehte sie sich weg, doch war sie nicht schnell genug. Ich sah, dass sie etwas bedrückte. Mom hatte ihre Gefühle schon immer wie ein aufgeschlagenes Buch im Gesicht getragen.

»Mom, was ist denn los?« Ich ließ mich auf mein Bett fallen und klopfte mit der Hand neben mich.

Sie setzte sich zögerlich und griff nach meiner Hand, strich sanft darüber. Ein eiskalter Angstschauder rieselte meinen Rücken hinab und ich schüttelte mich kurz, um ihn zu verscheuchen. »Genevieve«, murmelte sie und ich stöhnte auf, was ihr ein Lächeln entlockte. »Hör auf zu stöhnen. Das ist dein Name, Liebes.«

»Aber er ist so ... alt«, jammerte ich und stieß sie vorsichtig mit meiner Schulter an.

»Er ist wunderschön. Genau wie du.«

Ich entzog ihr die Hand, damit ich mein Gesicht hinter meinen Handflächen verstecken konnte. »Mooooom! Lass das!« Es war mir schon immer unangenehm gewesen, wenn sie mich so ansah, als wäre ich das Schönste, das sie je gesehen hatte.

»Dad und ich sorgen uns um dich«, beichtete sie mir besorgt und ich verfiel augenblicklich in eine Starre.

Da war wieder der heiße Lavastein in meinem Magen, der seine Flammen meinen Hals hinaufjagte und mir die Kehle abschnürte. »Warum?« Meine Stimme zitterte leicht und ich verfluchte sie dafür.

»Er wird nicht erfreut sein, wenn er von dem Gespräch erfährt«, seufzte sie. »Du kennst deinen Dad, er hat dich und Gemma nie zum Reden gedrängt.«

Ich nickte, unfähig etwas zu erwidern.

»Nun, wir wissen beide auch, dass ich nicht wie Dad bin.« Ich erkannte, dass sie den fruchtlosen Versuch unternahm, das Gespräch aufzulockern, indem sie herumwitzelte.

»Mir geht es gut. Ehrlich«, hauchte ich und fuhr mir mit der Handfläche den Nacken entlang.

»Das hoffen wir. Das hoffen wir sehr. Wir wollten nie etwas Anderes, als unsere beiden Töchter glücklich zu wissen.«

»Glück ist ein großes Wort, Mom.«

»Das sollte es aber nicht sein«, tadelte sie mich so liebevoll, wie es nur einer Mutter gelang. »Komm. Unten steht schon alles bereit für unseren traditionellen Spaziergang am ersten Dezember.«

Ich schenkte ihr ein dankbares Lächeln, gab ihr einen Kuss auf die Wange und schnappte mir Mütze, Schal und Handschuhe, ehe wir die Treppe herunterkletterten und sie wieder an die Decke schoben. Ich verspürte Erleichterung, dass sie mich noch einmal hatte davonkommen lassen. Was hätte ich ihr auch sagen sollen? Ich wusste doch selbst nicht, was in mir vorging.

Auf dem schmalen Tisch im Eingangsbereich warteten zwei Papiertüten, die mit selbstgebackenen Plätzchen gefüllt waren, und vier Thermobecher auf uns. Stirnrunzelnd zeigte ich darauf. »Vier?«

Mom lachte und zog eine Augenbraue hoch, während sie sich ihren dicken Wintermantel anzog. »Keine Sorge.

Der Spaziergang bleibt unsere alleinige Tradition.«

Erleichtert atmete ich aus und schlüpfte in meine dicken Winterboots. Veränderungen waren nie mein Ding gewesen und Traditionen brechen erst recht nicht. Ihre Belustigung zeigte mir nur wieder, wie gut sie mich kannte. »Warum dann vier Becher?«

»Weil ich nicht wusste, ob du lieber Glühwein oder Kakao trinken möchtest«, erklärte sie wie selbstverständlich.

Ich biss mir auf die Unterlippe. »Beides.« Kurzerhand stopfte ich eine der Kekstüten in die große Tasche meiner Winterjacke und griff mit jeder Hand nach einem Becher.

Mom beäugte mich vergnügt. »Da bin ich ja mal gespannt, wie du mit zwei Bechern und eine Kekstüte und nur zwei Armen zurechtkommen willst.«

»Ganz einfach«, informierte ich sie triumphierend, stapelte einen Becher auf den anderen, fischte ein Plätzchen aus meiner Jackentasche und biss genüsslich davon ab. Sofort schmolz die hauchzarte Schokoladenschicht auf der Zunge und vermischte sich mit dem feinen Vanille-Aroma des Teigs. Ich musste mich zusammenreißen, nicht genießerisch zu stöhnen.

Mom wickelte sich ihren Schal um den Hals und griff nach ihrem Laufproviant. »Touché.«

Wenige Minuten später befanden wir uns mitten im Stadtkern. Sparkle Heights war ein verträumtes, kleines Städtchen, das direkt einem Bilderbuch entsprungen sein konnte. Die Sonne neigte sich zur Erde und tauchte den Horizont in ein Farbenmeer aus Orange- und Pinktönen. Ich genoss es, neben Mom durch den Ort zu laufen, der es schaffte, mir die Sorgen und Zweifel zu nehmen - wenn auch nur vorübergehend. Ich nahm einen großen Schluck aus meinem Kakaobecher und fühlte mich sofort um 20 Jahre in der Zeit zurückgereist.

Schon als Kind hatte die Weihnachtszeit einen speziellen Wert für mich gehabt. Im Schnee zu toben, auf dem angrenzenden See Schlittschuh zu laufen und mich dann zusammen mit Mom, Dad, Gemma und einer großen Tasse heißer Schokolade mit Sahne, Marshmallows und bunten Streuseln vor den Kamin zu kuscheln, gehörte zu meinen liebsten Kindheitserinnerungen. Damals wusste ich nicht, wie viel mir diese Erinnerungen einmal bedeuten würden.

Ich ließ den Blick über all die Häuser schweifen, an denen wir vorbeiliefen und in deren Vorgärten es leuchtete, blinkte und glitzerte. Wie auf Kommando sprangen die Lichter der Laternen an und schützten uns vor der aufkommenden Dunkelheit, indem sie alles um uns herum in ein warmes Licht tauchten.

»Schau«, Mom war stehen geblieben und hatte den Kopf in den Nacken gelegt, zeigte mit ihrer freien Hand gen Himmel. »Es beginnt wieder zu schneien.«

Ich folgte ihrem Blick und beobachtete, wie der Schnee erst in zarten, dann in dicken Schneeflocken herabrieselte. Er tanzte wie schwerelos durch die Luft und einige Flocken landeten mitten in meinem Gesicht, wo sie zu Wasser verschmolzen.

»Als hättest du das extra für mich arrangiert«, neckte ich sie und griff erneut nach einem Plätzchen. Aus dem Augenwinkel fiel mir ein Gewusel auf der anderen Straßenseite auf und ich zeigte dort hin. »Weißt du, was dort los ist?«

Mom nickte und besah mich mit einem verwirrten Blick. »Du weißt doch, dass wir im Dezember immer unser städtisches Wohltätigkeitsevent haben, oder?«

Hätte ich keine zwei Becher in den Händen balanciert, hätte ich mir jetzt gegen die Stirn geschlagen. »Klar«, gab ich zu. »Ja, natürlich. Wie konnte ich das nur vergessen?« Seit vielen Jahren nahm meine Familie daran teil und ich war so sehr mit mir selbst beschäftigt gewesen, dass ich es komplett vergessen hatte.

»Ich wollte morgen zur Versammlung gehen, die dort gerade noch vorbereitet wird. Willst du mitkommen?«

»Was für eine Frage, na klar«, strahlte ich und freute mich urplötzlich tierisch darauf, wieder Teil einer Sparkle-Heights-Sache zu sein. »Ich werde mich entweder für den Weihnachtsmarkt oder das Schlittenrennen eintragen«, plante ich laut.

Mom räusperte sich und ich wurde misstrauisch.

»Mom?«

»Hm?«

»Warum hast du dich geräuspert?«

Sie wich meinem Blick aus. »Hab ich das?«

»Ja?«

Sie schenkte mir ein schadenfrohes Grinsen. »Ich weiß aus sicherer Quelle, dass es dieses Jahr kein *Wer-zuerst-kommt-mahlt-zuerst* geben wird.«

Geschockt blieb ich stehen. Oh nein. »Und die sichere Quelle heißt -«

»- Elaine«, vervollständigte sie meinen Satz.

Ich stöhnte laut auf und hätte dabei beinahe den Glühwein verkippt, von dem ich just einen Schluck nehmen wollte. Elaine Barrelsson war Sparkle Heights amtierende Bürgermeisterin und dazu eine von Moms engsten Freundinnen.

»Ich sage dir, wenn ich dafür eingeteilt werde, die Kacke vom Krippenspiel-Esel wegzuschippen, bin ich schneller zurück in New York, als du Krippenspiel sagen kannst.«

Mom prustete los. »Bist du sicher nicht.«

Schmollend kniff ich die Augen zusammen und zog einen Flunsch. »Hast recht. Aber ich würde dabei garantiert nicht lächeln.«

Sie knuffte mir liebevoll gegen den Oberarm. »Ich vermutlich auch nicht.«

Kapitel 4

»Losverfahren?« Ungläubig starrte ich die glitzernde Keramikschale an, die auf dem Stehtisch stand, welcher auf der provisorischen Bühne platziert wurde. »Echt jetzt?«

Mom nickte und fasste mich am Ärmel, um mich aufgeregt zur großen Pinnwand zu ziehen, vor der sich eine Menschentraube versammelt hatte. »Dort hängen alle Nummern und die dazugehörigen Aufgaben«, erklärte sie mir.

Ich kniff die Augen zusammen und mir klappte der Mund auf. »Mom«, rief ich empört und stemmte die Arme in die Hüfte. »Das ist ja deine Handschrift!«

»Schuldig«, grinste sie breit und tippelte aufgeregt von einem Fuß auf den anderen.

»Jetzt sag mir nicht, dass das deine Idee war.«

Mom errötete leicht. »Vielleicht?«

»Warum? Auf dem ursprünglichen Weg hatte es doch auch wunderbar funktioniert.« Schmollend verschränkte ich die Arme vor der Brust.

»Alle hier machen seit Jahren immer und immer wieder das Gleiche. Meinst du nicht, es tut uns allen mal ganz gut, unsere Komfortzone zu verlassen?« Moms Stolz wirkte angekratzt und sofort holte mich ein schlechtes Gewissen ein.

Seufzend ließ ich die Arme sinken und legte den Kopf in den Nacken. »Doch. Stimmt, du hast ja recht.«

»Süße, ich weiß, dass du nicht der Typ für Veränderungen bist, aber -« Sie stockte.

»Aber was, Mom?« Ein nervöses Kribbeln rollte wie eine Lawine durch meine Adern und ich griff zu dem Haargummi, das ich - wie immer - um das Handgelenk trug, um meine Haare zu einem unordentlichen Dutt zusammenzufassen. Einfach, um meine Hände zu beschäftigen. Das war ein nervöser Tick von mir, den ich nie hatte ablegen können. »Aber lass dich einfach einmal darauf ein, ins kalte Wasser zu springen und nicht für immer alles einen Plan zu haben.«

Ihre Worte fühlten sich für mich wie ein Faustschlag direkt in meine Magengrube an. Unter keinen Umständen wollte ich ihr zeigen, wie sehr mich ihre Worte verletzt hatten und dass sie den Nagel auf den Kopf getroffen hatte. »Du übertreibst«, erklärte ich ihr kurz. »Ich springe ständig ins kalte Wasser«, belog ich sie und mich selbst gleich dazu.

Ein ohrenbetäubendes Fiepen drang aus den Lautsprechern und ich sah Elaine am Rednerpult stehen. *Perfektes Timing, Elaine* dachte ich und folgte der Menge mit gesenktem Kopf zu den Sitzreihen, ließ Mom stehen, ohne ihr einen weiteren Blick zu schenken. Einfach unglaublich, was sie da gerade zu mir gesagt hatte. Dad hätte das niemals getan. Mom war schon immer die Axt im Walde gewesen und auch wenn ich wusste, dass sie es nicht garstig meinte, hatte sie mich soeben in einem Maße verletzt, das sie selbst nicht ahnte. Es war niemals supereinfach, an sich zu arbeiten. Doch wenn man es tat und dann nur wieder auf seine Fehlbarkeit aufmerksam gemacht wurde, fragte man sich, ob man es jemals schaffen würde. Und auch, warum man überhaupt Zeit und Kraft in etwas hineinsteckte, das keinen Erfolg brachte.

Was war so falsch daran, für alles einen Plan zu haben? Hätte ich mich nicht seit der High School an meinen Plan gehalten, wäre ich niemals an der Columbia angenommen worden und hätte nicht direkt im Anschluss an mein Studium den Job in der Kreativagentur bekommen, auf den ich hingearbeitet hatte.

»Liebe Sparkles« räusperte sich Elaine ins Mikrofon und erhielt sofort die volle Aufmerksamkeit all der Menschen, die schon immer zum Stadtbild gehörten, wie die große Sternschnuppen-Statue auf dem Rathausplatz. Ich ließ den Blick über die Köpfe vor mir gleiten. Fast jeden kannte ich namentlich und wusste, womit sie ihren Lebensunterhalt verdienten. Ich sah Mr. Banks, der letztes Jahr seine Frau bei einem Autounfall verloren hatte und sich mithilfe seiner Eltern und Schwiegereltern um die zwei Kinder kümmerte. Er ließ die Schultern nicht mehr so hängen, wie letztes Jahr um diese Zeit. Ich konnte mir nicht ausmalen, wie schwer die Weihnachtszeit für ihn und seine Familie sein musste. Und da waren Mr. und Mrs. Stephens, deren Gärtnerei vor vielen Jahren Feuer gefangen und mithilfe der Stadt wieder hatte aufgebaut werden können. Jeder hier hatte seine Geschichte. Jeder, bis auf mich. Meine Geschichte beschränkte sich darauf, dass ich mit neunzehn Jahren nach New York abhaute, um Karriere zu machen.

»Wie ich Sparkle Heights kenne, hat sich schon herumgesprochen, dass unsere Wohltätigkeitsveranstaltung dieses Jahr ein wenig anders ablaufen wird.« Ein Gemurmel, teils zustimmend, teils brummend, entstand.

Ich ließ mich tiefer in den Stuhl sinken und starrte auf meine tannengrün lackierten Fingernägel. Mein Herz klopfte aufgeregt. Wie immer, wenn ich unmittelbar vor einer Situation stand, die ich nicht abschätzen konnte.

»An sich ist es simpel«, erklärte Elaine. »Alle, die helfen wollen, ziehen einen Zettel aus dem Lostopf.« Sie griff nach der Schale und hielt sie in die Höhe, damit alle einen guten Blick auf diese hatten. »An der Wand dort drüben findet ihr die Aufgaben zu euren Zahlen, wo ihr bitte eure Namen eintragt, damit wir jeden einzelnen von euch briefen können. Gibt es Fragen?«

Ruckartig schnellte eine Hand in die Höhe. »Ja, Liz?«

»Was, wenn wir mit der Aufgabe nichts anfangen können?« Die Frau wirkte nervös und sprach mir aus der Seele. Ich selbst hätte mich nie im Leben getraut, diese Frage zu stellen.

Ein liebevolles Lächeln entstand auf Elaines Gesicht. »Wie ihr alle wisst, ist der Grund für all dies hier, zu helfen. Keiner von uns wird dafür bezahlt, dass er neben seinem Job seine Zeit für etwas opfert, das einem selbst vielleicht nichts bringt. Ich möchte hier niemanden rügen, in dieser Position sehe ich mich nicht. Es würde mich aber sehr freuen, wenn wir für all die Aufgaben dort an der Wand jemanden finden. Dass wir alle für einander da sind, macht unsere Stadt aus.«

Ich sah, wie Liz in ihrem Sitz immer kleiner wurde.

Elaine atmete einmal tief ein und wieder aus. »Ihr könnt untereinander tauschen. Natürlich wird niemand mit einer Tierhaarallergie gezwungen sein, Emma im Tierheim zu helfen.« Ein erleichtertes Raunen ging durch die Menge, was Elaine zum Lachen brachte, woraufhin es erneut aus den Lautsprechern fiepte.

»Also dann«, Elaine klatschte aufgeregt in die Hände, »alle, die trotz des hohen Risikos, den Stalldienst der Krippenspiel-Tiere zu ergattern, helfen wollen, reihen sich bitte ein, um ihr Los zu ziehen.«

Als würde es sich um ein Wettrennen handeln, sprinteten die ersten zur Bühne, um sich ihr Los abzuholen. Langsam erhob ich mich aus dem Stuhl und reihte mich ebenfalls ein, als ich einen Schmerz in meiner Ferse verspürte.

»Oh, Verzeihung«, raunte eine unbekannte Stimme hinter mir und ich drehte mich auf der Stelle, um nachzuschauen, wer mir da in den Hacken getreten war. Augenblicklich rutschte mir das Herz in die Hose und meine Gehirn-Mund-Funktion geriet außer Betrieb.

»Alles Wut«, antwortete ich und spürte, wie mir die Röte ins Gesicht stieg. Der Typ, den ich hier noch niemals zuvor gesehen hatte, lachte leise und löste eine Vibration in mir aus, die sich von meiner Körpermitte bis in die Fingerspitzen ausbreitete. »I-ich meinte alles gut«, berichtigte ich mich nuschelnd und drehte mich schnell wieder nach vorn, kniff die Augen zusammen und wünschte mir, dass sich der Erdboden auftat und mich verschlang. *Alles Wut?* Das hatte ich gerade nicht wirklich gesagt.

Kapitel 5

Elaine strahlte mich an, als ich an der Reihe war. »Eve, wie schön, dich hier zu sehen.«

»Hi, Elaine«, lächelte ich sie zurückhaltend an. »Ich bin gestern angekommen.«

»Und wie lang bleibst du?«

»Einen ganzen Monat!« Ich spürte, wie sich ein Strahlen auf meinem Gesicht ausbreitete und griff in die Schale mit den Losen.

Elaine nickte mir geschäftig zu. »Wie schön, bis später, Eve.«

Ich nickte ihr lächelnd zu und verkrampfte meine Finger um das Stück Papier, das ich soeben gezogen hatte. Noch hielt ich Schrödingers Katze in der Hand. Solang ich nicht nachschaute, bestand die Chance, dass ich eine tolle Aufgabe gezogen hatte. Oder eben auch eine, die mir nicht gefiel. Ich entschied, es schnell hinter mich zu bringen, denn Ungewissheit war etwas, womit ich nicht umgehen konnte.

Mit zittrigen Fingern entfaltete ich das Papier und sofort sprang mir eine große, rote 24 entgegen. »Vierundzwanzig«, murmelte ich und kam nicht umhin, mich über diese Zahl zu freuen, wie ein kleines Kind. Am 24. Dezember war Heiligabend, der *Christmas Eve*.

Gemma hatte sich immer auf den 25. Dezember gefreut, da es am Morgen des ersten Weihnachtsfeiertages die Geschenke gab. Ich hingegen liebte den Abend davor. Das aufgeregte Kribbeln in meinem Bauch, die extragroße Tasse Kakao mit Marshmallows und die Erlaubnis, in unserer selbstgebauten Höhle aus Decken und Kissen im Wohnzimmer zu übernachten, um die Chance zu haben, Santa Claus auf frischer Tat zu ertappen. Letzteres hatte leider nie geklappt und doch hatten Gemma und ich nicht aufgegeben. Zumindest solange, bis sie elf Jahre alt wurde und nicht mehr an ihn glaubte.

Der Gedanke an Gemma sorgte wie immer für ein heilloses Durcheinander an Gefühlen in meiner Herzgegend. Einerseits war sie meine Schwester, und ich liebte sie ganz einfach aus diesem Grund. Andererseits fand ich es schade, sie emotional niemals erreicht zu haben. Ich war immer nur ihre nervige, kleine Schwester gewesen, die sie nicht mit zum Bowling oder ins Kino nehmen wollte.

Als ich dann, noch vor ihr, ausgezogen war, hatte das

nur dafür gesorgt, dass wir uns voneinander entfernt hatten. Sie gab mir seitdem das Gefühl, egoistisch gehandelt zu haben, als ich für meinen Traum nach New York ging. Als hätte ich ihr damit im Weg gestanden.

Ich wusste von Dad, dass Gemma mit ihrem Freund im Urlaub war und erst zum ersten Weihnachtsfeiertag wieder zurück in Sparkle Heights sein würde. Irgendwie konnte ich den Gedanken nicht vertreiben, dass sie ihren Urlaub extra auf die Zeit gelegt hatte, zu der ich garantiert hier war.

Tief ein- und ausatmend lockerte ich meine Schultern, um einen klaren Kopf zu bekommen. Den Zettel immer fest umklammernd, trat ich an die große Pinnwand und suchte sie nach der 24 ab. In dem Moment, als ich nach dem Zettel griff, kam mir eine Männerhand zuvor und schnappte ihn mir vor der Nase weg.

»Entschuldigen Sie mal«, donnerte ich erschrocken. »Das ist meiner!« Blitzschnell folgte ich der Hand mit dem Blick und stöhnte laut auf. »Das ist doch jetzt nicht wahr«, nuschelte ich. Die Hand gehörte ausgerechnet zu dem Kerl, der mir vor wenigen Minuten in der Schlange in die Hacken getreten war.

Mit hochgezogener Augenbraue musterte der Unbekannte mich. »24?«, fragte er und ich erkannte, dass er sich auf die Wangen biss, um nicht zu lachen.

»Ja«, antwortete ich und schnappte ihm das Stück Papier aus der Hand. »Und somit ist das hier -« Ich hielt beide Zettel demonstrativ in die Höhe, »- meins.«

»Hi, ich bin Lian«, stellte er sich plötzlich entwaffnend vor und ließ mich damit ziemlich dämlich dastehen. Er schenkte mir ein Lächeln, das mächtig genug war, meine Welt um 180 Grad zu drehen.

»Eve«, murmelte ich mit zusammengezogenen Augenbrauen und zwang mich, den Blick von seiner Erscheinung zu lösen. Er war mindestens einen Kopf größer als ich und trug einen grauen Mantel, unter dem sich sein Körperbau nur schwer ausmachen ließ. Seine dunkelblauen Augen brannten sich direkt in mein Gedächtnis und es ärgerte mich, dass sie mich so anzogen.

»Also Eve«, schmunzelte er und hielt seinen Zettel direkt vor mein Gesicht, dass ich ihn unverkennbar lesen konnte. *Shit!* Da stand tatsächlich eine 24 auf seinem Blatt. »Was machen wir jetzt?«

»Elaine«, platzte ich heraus.

»Elaine?« Die Stirn runzelnd wiederholte er mich.

»Ja, kommen Sie«, forderte ich ihn auf, mir zu folgen und lief los.

»Meinen Sie nicht, dass es vielleicht kein Versehen ist?« Lian lief direkt in mich herein, als ich abrupt stehen blieb. Durch den Zusammenprall löste sich mein lockerer Dutt und meine widerspenstigen Locken fielen mir wild um den Kopf. Ich stemmte die Hände in die Hüften. »Wie meinen Sie das?«

Statt mir zu antworten, grinste er nur breit und starrte

mich an, als hätte ich einen Popel an der Nase kleben. Keiner von uns setzte einen Schritt zurück, sodass er mir für einen Mann, den ich vor wenigen Minuten das erste Mal gesehen hatte, eindeutig zu nah war.

»Ist was?« Verunsichert griff ich mir ins Gesicht.

Er schüttelte den Kopf. »Nö.«

Mit zusammengekniffenen Augen musterte ich ihn. »Und warum lachen Sie dann so blöd?« Ich wusste nicht, was es war, aber irgendetwas an ihm schaffte es, mich von jetzt auf gleich auf die Palme zu bringen.

»Sie sehen aus wie ein geplatztes Sofakissen«, platzte er völlig ungeniert heraus.

Empört riss ich den Mund auf, schloss ihn aber sofort wieder, da seine Direktheit mir das Gehirn vernebelte.

»Oh, und jetzt machen Sie einem Kugelfisch Konkurrenz«, spielte er das Spiel weiter.

»Arsch«, nuschelte ich, trat einen Schritt zurück und hob mein Haargummi vom Boden auf, um mir einen hohen Pferdeschwanz zu binden.

»Das hab ich wohl verdient«, lächelte er mich mit schief gelegtem Kopf an.

»Das und noch viel mehr«, erwiderte ich gereizt und versuchte, das Kribbeln in meinen Eingeweiden zu ignorieren. »Geben Sie mir Ihren Zettel«, forderte ich ihn auf.

»Was? Nein.« Er faltete ihn zusammen und steckte ihn in seine Jackentasche.

»Warum nicht? Jetzt geben Sie schon her!« Ich hielt

ihm meine ausgestreckte Handfläche hin, doch er schüttelte nur den Kopf.

»Nö. Wer weiß, was Sie damit machen.« Er zuckte die Achseln. »Außerdem möchte ich gern wissen, wo das hier noch hinführen wird.« Um seine Aussage zu unterstreichen, zeigte er mit dem Zeigefinger zwischen uns hin und her.

»Nirgendwohin. Da können Sie sich sicher sein«, zischte ich ihn an und drehte mich so ruckartig um, dass mein Pferdeschwanz ihm ins Gesicht schlug.

»Biest«, hörte ich ihn fluchend lachen. »War das mit Absicht?«

Ich blickte über die Schulter direkt in sein Gesicht und verfluchte das nervöse Kribbeln in meinem Magen, das entstand, als ich ihn lachen sah. »Oh ja«, antwortete ich herausfordernd und wandte meinen Blick wieder nach vorn. »Das war es.«

»Das bedeutet wohl Krieg«, flüsterte er mir ins Ohr, dass sich mir die Härchen auf meinen Armen aufstellten. Er hatte eindeutig eine Grenze überschritten, indem er mir schamlos nahekam. Allerdings würde ich mich selbst belügen, zu behaupten, dass es mir nicht gefiel. Trocken schluckte ich den Kloß in meinem Hals herunter, ehe ich, die Hände zu Fäusten geballt, auf Elaine zuschritt.

Kapitel 6

Wie gern wäre ich jetzt wieder drei Jahre alt gewesen. Kleinen Kindern nahm es niemand übel, wenn sie schmollten. Mom und Dad hatten es sich gemeinsam auf dem Sofa gemütlich gemacht und tranken Tee, während sie wie gebannt ihre neue Lieblingsserie verfolgten. Es war niedlich und seltsam zugleich gewesen, als mir Dad mitteilte, er und Mom würden heute Abend *netflixen*. Es gab Worte, die aus den Mündern der eigenen Eltern einfach falsch klangen.

Ich saß mit angewinkelten Beinen im Sessel vor dem Kamin und beobachtete das Spiel der Flammen. Mein Kakao war mittlerweile nur noch lauwarm und nicht mehr heiß, aber das störte mich nicht. Viel mehr bereitete mir der Umstand Sorgen, dass ich morgen gemeinsam mit diesem vorlauten Lian unser neues Tagewerk würde antreten müssen. Als Elaine mir zum dritten Mal versicherte, dass es sich um keinen Fehler handelte, und wirklich zwei Personen für diesen Job nötig waren, hätte ich mich beinahe zurück nach New York gewünscht.

Weder Mom noch Dad hatten danach gefragt. Dad, weil er eben Dad war und Mom, weil wir seit unserer kleinen Auseinandersetzung nicht mehr darüber gesprochen hatten. Mürrisch griff ich nach der Blättersammlung, in der beschrieben steht, was ich - nein - was *wir* die nächsten Tage zu tun hatten. Bisher hatte ich keinen Blick hineingeworfen, da mich schon allein die Tatsache so beschäftigte, dass dieser Lian es war, mit dem ich zusammenarbeiten musste.

Hätten wir uns unter anderen Umständen kennengelernt, wäre ich ihm vielleicht gar nicht so abgeneigt gewesen. Wenn ich aber an unsere Begegnung heute dachte, schoss mir sofort wieder das Blut in die Wangen. *Alles Wut!*

Ich schnaubte und zog dadurch Moms Aufmerksamkeit auf mich, die sich aufrecht hinsetzte. »Alles okay?«

Mom hatte es noch nie lang ausgehalten, Unstimmigkeiten aus dem Weg zu gehen und löschte sie gern aus ihrem Gedächtnis. »Jap«, nickte ich und faltete das Papier auf.

»Ist das ... eure Aufgabe?« Neugierig biss sie sich auf ihre Unterlippe und auch Dad wurde hellhörig.

»Eure?« Es war ungewöhnlich, dass man keine

alleinige Aufgabe zugeteilt bekam, das wusste sogar Dad. »Du musst aber nichts Gefährliches machen, oder?«

Ich kicherte über Dads Besorgnis. »Nein. Das heißt, ich weiß es nicht. Ich habe noch gar nicht geschaut, was wir überhaupt machen müssen.«

Aufgeregt stellte Mom ihre Tasse auf dem Couchtisch ab und machte es mir durch ihre kindliche Freude schwer, weiterhin sauer auf sie zu sein. »Na los, schau nach.«

»Mom, du kennst eh alle Aufgaben«, erinnerte ich sie.

Sie winkte ab. »Stimmt, und genau deswegen finde ich es noch spannender.«

»Du spinnst, Carol«, neckte Dad sie und während Mom ihm mit einem Kissen auf den Kopf klopfte, blickte ich auf das Papier.

»Das darf doch nicht wahr sein!« Stöhnend ließ ich den Kopf gegen die Lehne fallen und schloss die Augen. Vielleicht träumte ich auch einfach nur.

»Eve?«, tastete Mom sich mit geruhsamer Stimme voran. »So schlimm?«

»Jetzt dräng sie doch nicht«, tadelte Dad sie.

Ich öffnete ein Auge und musste bei Moms Anblick anfangen zu lachen. Sie erinnerte mich an ein Eichhörnchen, das sprungbereit auf einem Ast saß.

»Die Rentierfarm«, eröffnete ich das große Geheimnis und erkannte daran, dass Dad sich aufrechter hinsetzte, dass bei ihm die Alarmglocken schellten.

»Was heißt das? Die Rentierfarm?« Er stützte sich von der Couch hoch, um zu mir zu kommen und mir das Papier aus der Hand zu nehmen. Kurz kam mir der Gedanke, dass er mir doch einfach eine Entschuldigung schreiben konnte. Doch dann fiel mir ein, dass ich keine acht Jahre mehr alt war. »Vergiss es«, bestimmte er wenige Augenblicke später. »Nein, das machst du nicht.«

»Daaaad.« Ich versteckte mich hinter meinen Händen. »Ich bin erwachsen. Was auch immer da von mir verlangt wird, ich werde das schon packen.« Huch, war das wirklich ich, die da sprach? Wollte ich nicht noch vor fünf Sekunden am liebsten das Land verlassen?

»Das hier«, er schüttelte den Zettel, »ist ein Vollzeit-Job.«

»Was?« Durch Dads Worte alarmiert, sprang ich auf und riss ihm das Papier erneut aus den Händen. Schnell überflog ich den Text und erkannte, dass Dad tatsächlich recht hatte. »Okay, das ist jetzt wirklich etwas ungewöhnlich«, pflichtete ich ihm bei. Normalerweise nahmen die freiwilligen Arbeiten nur wenige Stunden in Anspruch. Und war ich nicht hier, um nur Urlaub zu machen?

»Carol«, wandte sich Dad an Mom. »Du bist so still, seit das Wort *Rentierfarm* gefallen ist.«

Sie räusperte sich. »Nun ja, irgendjemand muss es aber machen«, murmelte sie.

»Ich kenne den Farmbesitzer doch überhaupt nicht.« Mit vor der Brust verschränkten Armen ließ ich mich wieder in den Sessel fallen. »Kaum jemand in Sparkle Heights kennt ihn.«

»Das stimmt nicht«, meldete sich Dad wieder zu Wort. »Edward ist ein sehr ruhiger und zurückhaltender Mensch, aber war immer für Sparkle Heights da. Es ist nur richtig, dass ihm unter die Arme gegriffen wird. Gott, ich wusste ja nicht einmal, dass er sich verletzt hatte«, regte Dad sich auf.

Mom legte ihre Hand auf seinen Oberarm und versuchte, ihn zu beruhigen. »Frank, es ist okay.«

»Nein, ist es nicht«, donnerte er und ich kam nicht mehr mit.

»Äh, was ist denn jetzt passiert?« Eingeschüchtert griff ich nach einem Kissen und hielt es mir vor den Bauch.

»Ich will nicht darüber reden«, murrte Dad, warf erst mir und dann Mom einen traurigen Blick zu, ehe er aus dem Zimmer stapfte. Ich lauschte seinen Schritten, die die Treppe hinaufführten.

Plötzlich wurde mir heiß und kalt zugleich. Ich hatte meinen Vater nur selten so erlebt. Meistens dann, wenn das Gespräch auf seinen Dad kam, der vor vielen Jahren gestorben war. »Mom?« Meine Stimme war kaum mehr als ein Flüstern. »Was ist hier gerade passiert? Habe ich etwas Dummes gesagt?«

Sie schüttelte traurig den Kopf und klopfte auf den

nun freien Platz neben sich.

»Edward Penfold und dein Grandpa Claus waren sehr gute Freunde, wenn nicht sogar die besten«, erzählte Mom, während sie den Arm um mich legte und ich meinen Kopf auf ihrer Schulter bettete.

»Was ist passiert?« Ich fühlte mich aus irgendeinem Grund schuldig für die Situation eben. »Ich würde gern verstehen, warum Dad so reagiert hat.«

»Du kennst ihn«, seufzte Mom und strich mir die Locken aus dem Gesicht. »Dein Dad ist schweigsam, schon fast geheimnisvoll und so genau weiß ich nicht, was damals vorgefallen ist. Du hast nichts Falsches gesagt, Süße. Ich glaube, er macht sich ganz einfach Vorwürfe, sich so lange nicht mehr bei Edward gemeldet zu haben.«

»Warum kenne ich ihn überhaupt nicht, wenn er für Dad anscheinend so wichtig ist?« Es war, als schwebten mir Puzzleteile vor der Nase herum, die ich nicht zu greifen bekam.

»Ich kann mir nicht vorstellen, dass es absichtlich so ist. Edward hat damals sogar geholfen, dein Zimmer auszubauen.« Sie tippte mir auf die Nase, wie sie es schon gemacht hatte, als ich klein war.

»Wirklich? Dann bin ich jetzt umso froher, dass ich die Chance bekomme, mich dafür zu revanchieren«, lächelte ich und spürte, wie meine Augenlider schwer wurden. »Ich bin müde«, gähnte ich und hielt mir die Hand vor den Mund.

»Es ist auch schon spät«, stimmte Mom mir zu, obwohl ich genau wusste, dass es gerade mal neun Uhr war. Vermutlich wollte sie zu Dad und schauen, ob er sie für sich da sein ließ.

Ich setzte mich auf und drückte ihre Hand, bevor ich mich auf den Weg zu meinem Zimmer machte. »Schlaf gut, Mommy.«

Kapitel 7

Ich hatte die ganze Nacht kaum ein Auge zugetan, weil ich mir stundenlang den Kopf darüber zerbrach, was am Abend mit Dad geschehen war. Als ich es satthatte, an meine dunkle Zimmerdecke zu starren, knipste ich die Lichterkette an meinem Bett an und schälte mich aus der warmen Decke. Barfuß tapste ich die zwei Stockwerke herunter in die Küche, wo ich mir eine heiße Milch mit Honig kochte. Schon auf der Hälfte des Weges bereute ich es, keine Socken angezogen zu haben. Ich hatte vergessen, wie kalt es nachts im Haus meiner Eltern werden konnte, wenn das Kaminfeuer erloschen war.

Ich stellte die Milch auf den Herd und während ich darauf wartete, dass sie heiß wurde, tippelte ich ins Wohnzimmer, um mir die Unterlagen über die Rentierfarm zu holen. Morgen Vormittag sollte es losgehen und es schadete vermutlich nicht, wenn ich mir die Unterlagen zumindest einmal durchlas.

Als ich kurz darauf mit der Tasse und den Informationsblättern zurück in mein Zimmer schlich, überkam mich ein Gefühl, das mich in den letzten Monaten immer öfter eingeholt hatte. Es glich einem Stein in meinem Magen und einem Band, das mir die Kehle zuschnürte. Ich hatte es immer für Heimweh gehalten. Vielleicht suggerierte mir mein Unterbewusstsein aber auch, dass mir etwas sehnlichst fehlte. Dass ich etwas schmerzlich vermisste. Allerdings war es schwierig, ein Loch zu stopfen, wenn man nicht wusste, womit. Und auch nicht, warum dieses Loch entstanden war oder warum es aufgerissen wurde. Als handelte es sich um einen zusätzlichen Teil von mir, der nun einmal da war. Ich hatte irgendwann aufgehört, dieses Gefühl zu hinterfragen.

Ich krabbelte zurück in mein Bett, trank einen großen Schluck der Milch und stellte die Tasse auf meinem Nachttisch ab. Kaum, dass ich versucht hatte, im schummrigen Licht der Lichterkette die Unterlagen zu lesen, fielen mir die Augen zu und ich sank in einen traumlosen Schlaf.

***

»Warum habt ihr mich nicht geweckt?« Mit Handtuchturban auf dem Kopf stapfte ich die Treppe herunter in die Küche, in der meine Eltern seelenruhig am großen Eichentisch saßen und ihr Frühstück genossen.

»Guten Morgen, Schatz«, begrüßte Mom mich. »Kaffee?« Hatte sie nicht bemerkt, wie hektisch ich die Treppe heruntergekommen war?

»Äh, nein? Dafür habe ich keine Zeit, Mom«, presste ich wütend hervor. Ich wusste, dass meine Laune ihr gegenüber unfair war, aber ich hasste es, zu verschlafen. Wenn mein Morgen nicht so verlief, wie ich es plante, konnte ich erfahrungsgemäß den ganzen Tag in die Tonne kloppen. Nur, dass heute kein Tag wie jeder andere war. Heute würde ich Lian wieder gegenübertreten. Und noch viel schlimmer: einem Rentier. Mehreren Rentieren. Nach dem ganzen Drama gestern Abend hatte ich erst vorhin unter der Dusche realisiert, was es hieß, auf der Rentierfarm auszuhelfen.

»Alles okay bei dir?« Mom zog eine Augenbraue hoch und Dad legte seine Zeitung beiseite, um mir einen Blick zuzuwerfen. Vermutlich nervte ich ihn. Dad war mindestens ein genauso großer Morgenmuffel wie ich. Gemma kam da eher nach Mom und hatte schon früher immer am Frühstückstisch gestrahlt. Echt eklig, diese Morgenmenschen.

»Nein«, jaulte ich. »Rentierfarm, Mom. Weißt du überhaupt, was das bedeutet? Ren-tier-farm?« Ich betonte jede Silbe einzeln, als schlüge ich mich hier mit Fremdsprachlern herum.

»Und?« Mom gluckste und Dads Mundwinkel verzog sich leicht nach oben. Anscheinend hatten die beiden miteinander gesprochen. Im Vergleich zu gestern Abend war er jetzt wie ausgewechselt.

Ich fasste mir an den Handtuchturban und äffte Mom nach. »Und? Das sind wilde Tiere.« Mir war bewusst, dass ich übertrieb. Allerdings hatte es nie zu meinen Stärken gehört, in Situationen, die mich überforderten, die Ruhe zu bewahren.

»Fürchtest du dich, Schatz?« Dads Stimme wanderte eine Etage tiefer.

Erschöpft von meiner eigenen Hysterie ließ ich mich auf einen der freien Holzstühle am Tisch fallen. Mein Blick blieb an dem sauberen Teller, dem Besteck und der Tasse, die dort standen, hängen. Sie hatten für mich mit gedeckt und mir fiel nichts Besseres ein, als wie der tasmanische Teufel durch das Haus zu jagen und sie zu beschimpfen.

»Ich weiß nicht«, murmelte ich, griff nach der Tasse und drehte sie gedankenverloren zwischen meinen Händen. Ja, ich hatte Angst. Allerdings nicht vor den Rentieren.

Mom sprang sofort auf, um mir Kaffee einzuschenken. »Oder hat es vielleicht eher etwas mit dem jungen Mann zu tun?«

»Welcher junge Mann?« Dad verschluckte sich an dem Stück Toast, von dem er abgebissen hatte.

Ich warf Mom einen finsteren Blick zu, von dem

ich hoffte, dass er die Hölle würde zufrieren können. »Nein«, insistierte ich mit fester Stimme. »Hat es nicht. Ich kenne den Typen ja noch nicht einmal.«

»Was für einen Typen?« Ich spürte, wie Dads Blick sich in meine Wange bohrte und wünschte mir, keinen Handtuchturban zu tragen. Meine Locken waren mein persönliches Schutzschild, wenn ich angestarrt wurde.

»Lian«, erklärte ich betont beiläufig in Dads Richtung, ehe er platzte. »Sein Name ist Lian und hat die gleiche Losnummer wie ich gezogen, was heißt, dass wir im selben Boot stecken.«

»Lian ist sehr attraktiv«, flüsterte Mom Dad zu und wackelte völlig übertrieben mit den Augenbrauen.

»Mom«, donnerte ich und bewarf sie mit meiner Serviette.

»Was denn?« Sie tat unschuldig und nahm einen Schluck Kaffee aus ihrer Tasse. Aber ich sah genau, wie sie dahinter grinste.

»Ich muss los«, grummelte ich, trank meinen Kaffee in einem Zug aus und stibitzte mir einen Blaubeermuffin aus dem Brotkorb, den Mom mit Kieferästen und Tannenzapfen dekoriert hatte.

»Zieh dich bitte warm an«, rief mir Mom hinterher, als ich schon auf der Mitte der Treppe war. Ich schüttelte den Kopf über ihre Besorgnis, kam aber nicht umhin, zu lächeln. Für sie würde ich immer das kleine Mädchen bleiben, das ich schon so lange nicht mehr war.

Kapitel 8

Ich war zehn Minuten zu früh vor unserem Versammlungssaal gewesen und trat nervös von einem Fuß auf den anderen. Der herabrieselnde Schnee und die Kälte ließen meine Nase zu einem Eisklotz mutieren. Vermutlich schimmerte sie schon so rot wie die von Rudolph, dem Rentier.

Ich kicherte. »Was für ein passender Vergleich«, murmelte ich in meinen Schal.

»Wie bitte?«

Lians Stimme ließ mich vor Schreck zusammenzucken. »Schleichen Sie sich nicht so an«, blaffte ich ihm entgegen und hob den Kopf an, um ihn direkt anzusehen. Plötzlich hatte ich Moms Worte im Kopf und *verdammt*, sie hatte recht. Dieser vorlaute Sack war wirklich nicht hässlich.

»Warum starren Sie mich so an?« Er verzog den

Mund zu einem Lächeln und ich zwang mich, meinen Blick von seinen Lippen loszueisen.

»Ich starre nicht.«

»Doch«, lachte er. »Sie haben gestarrt. Ganze sieben Sekunden.«

»Haben Sie etwa mitgezählt?« Empört riss ich die Augen auf.

»Ha!« Er zog eine Augenbraue in die Höhe.

Ich stemmte die Hände in die Hüften. »Ha - was?«

»Also geben Sie zu, dass Sie gestarrt haben«, triumphierend schnalzte er mit der Zunge.

»Sie sind unübertrefflich bescheuert«, pfefferte ich ihm an den Kopf und wandte mich zum Gehen. Als ich einige Meter zurückgelegt hatte, bemerkte ich, dass er mir nicht folgte. Was auf der Hand lag, immerhin wusste ich gar nicht, welcher unser Weg war. Ich blieb stehen und ballte die Hände in meinen Manteltaschen zu Fäusten, atmete einmal tief ein und schluckte meinen Stolz herunter, als ich mich zu ihm umdrehte.

Er stand nach wie vor an Ort und Stelle, die Hände lässig in den Hosentaschen vergraben und legte den Kopf schief. Selbst auf zehn Metern Entfernung sah ich, wie er selbstgefällig grinste.

Stumm zeigte er mit dem Daumen hinter sich, um mir zu zeigen, dass ich in die falsche Richtung davongerannt war.

»Na, prima«, flüsterte ich und lief wieder auf ihn zu. Selbst das Geräusch des knirschenden Neuschnees unter meinen Schuhsohlen lenkte mich nicht von dem Wissen ab, wie peinlich ich mich benahm.

»Mein Auto steht dort hinten«, informierte er mich, als ich wieder auf seiner Höhe angekommen war. »Kommen Sie«, bat er mich, plötzlich gar nicht mehr so arrogant wie noch vor ein paar Minuten.

Ich brachte nicht mehr als ein zustimmendes Nicken zustande, was wohl auch besser war. Vermutlich würde ich heute kein einziges, vernünftiges Wort hervorbringen.

Als wir später in seinem Range Rover saßen, drohte mich der Umstand, mit ihm mehr oder weniger auf engstem Raum eingesperrt zu sein, zu ersticken. Krampfhaft darauf bedacht, ihn keines unnötigen Blickes zu würdigen, starrte ich aus dem Seitenfenster.

»Atmen Sie auch manchmal?« Seine Stimme durchdrang die unangenehme Stille zwischen uns.

»Was?« Ich realisierte, dass ich vor lauter Anspannung die Luft angehalten hatte. Erschöpft atmete ich erst aus, dann ein. Jemanden bewusst zu ignorieren war wirklich anstrengend. »Ja. Kommt schon ab und zu vor«, erklärte ich ihm augenrollend.

»Nicht, dass ich etwas gegen Mund-zu-Mund-Beatmung hätte«, murmelte er mit tiefer Stimme.

Diese Worte trafen mich so unerwartet, dass ich vor Schreck mit dem Kopf gegen die Scheibe knallte. Ein lautes Dong ertönte. Unmöglich, dass er das nicht gehört hatte. »Bitte was?« Ich rieb mir mit der

Handfläche über die Stelle, mit der ich gegen das Fenster geknallt war, und wandte mich ihm zu.

Er hielt sich seine Faust vor den Mund, vermutlich, um nicht in lautes Gelächter auszubrechen. »Oh Eve, ich werde so viel Spaß mit Ihnen haben.« Kurz warf er mir ein Lächeln zu, ehe er sich wieder auf die verschneite Straße vor uns konzentrierte.

Sein Lächeln bewirkte, dass sich mein Mund anfühlte, als hätte ich einen Löffel Sand im Mund. Und was war das bitte in meinem Bauch? Dort tobte etwas, das mich an einen Schneesturm erinnerte. Einen Schneesturm, der die Macht hatte, sich in einen Tornado zu verwandeln und alles umzureißen, was sich ihm in den Weg stellte.

»Schön, dass wenigstens einer von uns Spaß hat«, konterte ich eine Spur zu aggressiv.

»Irgendetwas verrät mir, dass ich Ihnen schon bald ein Lachen entlocken werde«, mutmaßte er siegessicher.

Ich schnaubte verächtlich. »Ja, in dem Moment, in dem Ihnen ein Rentier ins Gesicht kackt.«

Aus dem Augenwinkel sah ich, dass sein Oberkörper leicht bebte und ich hörte ihn leise lachen. »Könnten Sie das bitte wiederholen?«

»Nein«, murrte ich. Mir war durchaus bewusst, wie primitiv diese Erwiderung war. Auch wenn sich irgendwo in den Tiefen meines Körpers Freude darüber breitmachte, dass es mir gelungen war, ihn zum Lachen zu bringen.

»Bitte«, flehte er, doch ich blieb standhaft.

»Nur über meine Leiche.«

»Schade«, erwiderte er.

Ich runzelte die Stirn und hasste mich für meine Neugierde. »Warum schade?«

Als hätte er gewusst, dass ich darauf eingehe, antwortete er wie aus der Pistole geschossen. »Es kommt nicht oft vor, dass eine Frau, die aussieht, wie ein gottverdammter Weihnachtsengel, solche Wörter in den Mund nimmt.«

»Sie meinen *Rentier*?« Ich stellte mich absichtlich dumm. Aber es gefiel mir nicht, mit einem *gottverdammten Weihnachtsengel* verglichen zu werden.

»Genau, Eve. Das war genau das Wort, das ich meinte«, zwinkerte er mir zu und ich wandte blitzschnell den Blick ab.

»Engel haben blaue Augen«, murrte ich wenig später leise. Es lag ehrlich gesagt nicht in meiner Natur, *nicht* das letzte Wort zu haben.

Zu meiner Überraschung ging er nicht weiter darauf ein, was sich aber nicht wie ein Sieg für mich anfühlte. Vielmehr kam ich mir plötzlich wie ein verschrobenes Kind vor, das allein im Sandkasten spielte, weil es den anderen Kindern mit seiner Besserwisserei auf die Nerven fiel. Ich vergrub die Hände in den Ärmeln meiner Jacke und ließ den Kopf gegen die Lehne fallen. Der Blick auf das Armaturenbrett verriet mir, dass wir erst seit zehn Minuten unterwegs waren. Je weiter wir fuhren, desto enger und steiler wandte sich die Straße um die vereinzelten Nadelbäume, die immer dichter wurden, bis wir und mitten im Wald befanden. Es musste sich um den Nadelwald handeln, den ich in der Ferne aus meinem Zimmerfenster sah. Die Rentierfarm lag etwas weiter den Berg hinauf und plötzlich überkam mich ein unangenehmes Gefühl. Ja, ich liebte den Winter, aber genauso sehr fürchtete ich ihn. Schnee bedeutete Glätte, Winter bedeutete frühzeitige Dunkelheit. Ich konnte nur hoffen, dass Lian uns heute Abend wieder gesund in das Tal bringen würde, in dem meine geliebte Heimatstadt lag.

Kapitel 9

»Das muss es sein.« Lian fuhr eine schmale Einfahrt entlang, die wir beinahe verpasst hätten.

Ich zeigte auf ein altes Schild, auf dem *Rentierfarm Penfold* stand. »Laut diesem Wegweiser dort, ja.«

Er hielt nahe bei der Haustür an und stellte den Motor ab. Plötzlich holte mich meine Nervosität wieder ein. Ich war glattweg nicht für neue Situationen geboren. Sie bescherten mir jedes Mal eine Heidenangst und ich zermarterte mir den Kopf über Dinge, die noch gar nicht geschehen waren und es vermutlich auch niemals würden. Was, wenn die Begrüßung seltsam wurde? Wollte Mr. Penfold überhaupt Hilfe annehmen? Er hatte all die Jahre zuvor nie Unterstützung gebraucht, warum dann dieses Jahr? Das Wissen, dass er mit Grandpa Claus befreundet gewesen war, erleichterte es mir erst recht nicht unbedingt.

Ich schielte unauffällig zu Lian herüber und seufzte lautlos. Dieser Typ setzte dem Törtchen die Krone auf. Ich wollte doch überhaupt nicht mit ihm hier sein. In seiner Gegenwart benahm ich mich seit der ersten Sekunde wie ein Elefant im Porzellanladen - ohne Aussicht auf Verbesserung. Einzig mein allein mein dämlicher Stolz hatte mich heute Morgen daran gehindert, mich nicht in meinem Zimmer zu verbarrikadieren und einen Weihnachtsfilm nach dem anderen zu schauen.

Lian räusperte sich und ich nahm den Blick von meinen Fingern, die ich im Schoß hielt. »Kennen Sie ihn?«

»Mr. Penfold meinen Sie?« Ich rümpfte verunsichert die Nase. »Irgendwie schon«, gab ich leise zu.

»Irgendwie schon? Wie kann man jemanden denn irgendwie kennen?« In seine Stimme schlich sich ein Hauch Belustigung.

»Mein Grandpa war eng mit ihm befreundet und half meinen Eltern beim Hausbau. Allerdings wusste ich das bis gestern Abend selbst nicht.«

Lian nickte mir nur einmal zu, öffnete die Autotür und ich schaute ihm hinterher, als er aus dem Wagen stieg. Ohne, dass ich es gewollt hatte, wanderte mein Blick einmal über seinen kompletten Rücken und heftete sich kurz auf seinen Hintern. Ich schluckte und riss den Kopf sofort zurück, als er sich umdrehte. Augenblicklich wurde mir heiß und ich betete, dass mein Gesicht nicht rot glühte. Und dass er nicht gesehen hatte, wo mein Blick so offensichtlich hängen geblieben war. Hoffentlich hatte er nicht mitbekommen, wie ich ihn versehentlich angestarrt hatte.

»Kommen Sie nicht?« Er beugte sich zur Tür herein und ich nickte, versuchte mit nervösen Fingern, den Sicherheitsgurt zu lösen. Vergeblich.

»Was ist das denn für ein blödes Teil«, meckerte ich nervös und verfluchte, wie meine Hände zitterten.

»Warten Sie«, hielt er mich auf. »Der klemmt manchmal, das vergesse ich immer. Kommt nicht so oft vor, dass ich jemanden in meinem Wagen mitnehme.« Ohne nur eine Sekunde zu überlegen, stützte er sich mit einem Arm auf seinem Sitz ab und pfriemelte am Stecker herum, der gleich darauf aufsprang. Wenn man mich fragte, war er mir schon wieder viel zu nah gekommen. Mein Herz war über sich selbst gestolpert, als es seine Nähe ebenso unausweichlich wahrnahm, wie mein Kopf. Zu allem Überfluss schwappte eine Prise seines Duftes zu mir herüber, die meine Eierstöcke zum Leben erweckte. Es zog in einer Körpergegend, von der ich bis eben gar nicht wusste, dass es sie überhaupt gab. Plötzlich wünschte ich mir, meine Nase in seiner Halsbeuge zu vergraben und den herben Duft nach Holz, Rosmarin und Minze zu inhalieren.

»Lass die Scheiße«, tadelte ich mich selbst leise, als ich die Tür öffnete, um auszusteigen.

»Was?« Lian stand plötzlich auf der Beifahrerseite

und hielt mir die Tür auf.

»Gott, lassen Sie das«, murrte ich ertappt und hielt mir erschrocken die Hand vor die Brust. Er hielt mich bestimmt für völlig durchgeknallt, da das nicht das erste Mal war, dass er mich dabei erwischte, wie ich mit mir selbst sprach. Ich lebte eindeutig schon viel zu lang alleine. Wenn ich wieder in New York war, würde ich mir eine Katze zulegen. Dann konnte ich so viel reden, wie ich wollte, und hatte immer die Ausrede, ich würde mit meiner Katze sprechen.

»Was soll ich lassen?« Er lachte verschmitzt. »Ihnen die Tür aufzuhalten?«

Ich bedachte ihn mit einem finsteren Blick, als ich direkt vor ihm stand und klemmte meine Haare hinter die Ohren. Dabei bemerkte ich, wie er der Bewegung meiner Hand folgte. Ich sah, dass er schluckte, da sich sein Adamsapfel auf und ab bewegte. Lians Blick wanderte von meinen Haaren über meine Wange, meine Nase bis hin zu meinen Augen. Plötzlich fühlte ich mich nackt und versuchte, die Hitzewelle, die mich übermannte, zu ignorieren. Als hätte er sich in der Sekunde, in der sich unsere Blicke trafen, verbrannt, zuckte er zurück.

»Können wir dann?« Ich zeigte auf das Haus. Auch wenn mir die Aussicht, einen alten Mann zu treffen, an den ich mich nicht erinnerte, einen Schauder den Rücken hinab jagte, war es immer noch besser, als Lian so nah sein zu müssen.

Er hüstelte, setzte einen Schritt zur Seite, damit ich an ihm vorbeilaufen konnte, und warf die Autotür zu. Täuschte ich mich oder hatte er mich angestarrt? Was war das bitte gewesen? Entweder hatte ich zu viele kitschige Weihnachtsfilme auf Netflix geschaut, oder es hatte so einen Moment zwischen uns gegeben. Einen dieser Momente, ohne die kein Kitschfilm oder ein klischeebehafteter Liebesroman auskamen.

Ohne mich nach ihm umzublicken, stapfte ich durch den lockeren Schnee auf die Haustür zu und wartete die paar Sekunden, bis er neben mir stand. Ich konnte seine Anspannung förmlich spüren. Eventuell bildete ich mir das nur ein und projizierte meine eigene Anspannung auf ihn. Wie gebannt starrte ich auf das dunkle Holz der Eingangstür und verspürte den Drang, die Stille zwischen uns zu durchbrechen. »Alles okay?«

Aus dem Augenwinkel sah ich seinen Oberkörper leicht beben. Lachte er etwa?

»Alles Wut«, erwiderte er und ich hörte genau, dass er lächelte.

Ich konnte nicht anders, als ebenfalls zu lachen, warf den Kopf in den Nacken und schlug mit dem Handrücken gegen seinen Arm. Allerdings verfehlte ich diesen und traf ihn direkt an der harten Brust. *Fuck.* Jetzt dachte er womöglich, ich hätte ihn mit Absicht betatscht. Wie sollte ich es nur einen ganzen Monat lang schaffen, mich nicht komplett zum Affen zu machen? Lian gab darauf einen gespielt röchelnden Ton von sich.

»Sehr witzig«, brummte ich ausweichend und hob die Hand zur Klingel, um uns anzukündigen.

Es vergingen einige Sekunden, in denen die Stille mir die Luft abzuschnüren drohte. Lian neben mir löste sich aus seiner Bewegungslosigkeit und wollte gerade an die Tür klopfen, als sie sich endlich öffnete und uns aus dieser Situation erlöste.

Vor uns stand ein älterer Mann mit schneeweißem Haar, das erstaunlich dicht war. Seine bebrillten Augen strahlten uns an, dass mir augenblicklich das Herz in die Hose rutschte und ich Mühe hatte, die Tränen zurückzuhalten. Ich hatte absolut keinen Schimmer, wer er war, aber die Art, wie er mich ansah, erinnerte mich an meinen Grandpa. So voller bedingungsloser Lebensfreude.

Erst auf dem zweiten Blick fielen mir die zwei Krücken auf, auf die er sich stützte und ein paar der Puzzleteile setzten sich vor meinem inneren Auge zusammen.

Lian ergriff zuerst das Wort und stellte sich vor. »Hi, ich bin Lian Wright.« Er hielt ihm kurz die Hand hin, realisierte aber sofort, dass Mr. Penfold kaum einschlagen konnte. Verunsichert zog er den Arm zurück und fuhr sich nervös mit seiner Hand durch die Haare.

»Hallo, ich -«, begann ich, doch unterbrach der alte Mann mich.

»Du bist Claus' kleine Enkelin Genevieve«, lächelte er und legte den Kopf schief.

»J-ja«, stotterte ich überfordert und versuchte zu ignorieren, dass er mich bei meinem Namen und nicht bei meinem Spitznamen genannt hatte. »Woher wissen Sie das?«

Ein kratziges, aber liebevolles Lachen verließ seinen Mund. »Deine Augen«, erklärte er. »Es ist, als würde er mich anschauen.«

Nervös senkte ich den Blick, da es mir unangenehm war, wie Mr. Penfold mit mir über meinen Grandpa sprach, während Lian neben mir stand.

»Kommt erst einmal rein«, bat er uns und nickte mit dem Kopf ins Haus. »Ich habe genug Milch für uns drei auf dem Herd stehen. Ich hoffe, ihr mögt Gewürzmilch genau so gern, wie ich?« Er humpelte zur Seite, damit wir sein Haus betreten konnten.

Sofort prasselte eine Erinnerung mit einer Wucht auf mich ein, die mich fast unter sich begrub. Mein Herz wurde schwer und eine unsichtbare Kraft drückte auf meinen Brustkorb, dass es mir die Luft abschnürte. »Grandpa Claus«, hauchte ich und versuchte, das Zittern meiner Hände unter Kontrolle zu bekommen.

Kapitel 10

»Eve?« Lian stupste mich vorsichtig an und besah mich mit einem besorgten Blick.

»Hm? Ja«, piepste ich so leise, dass nur er es hörte. »Ja, sorry. Alles okay. Ich hab mich nur gerade ... an etwas erinnert.«

»Okay.« Mit gerunzelter Stirn bückte er sich zu seinen Schuhen, um diese auszuziehen.

»Oh nein, ihr müsst nicht -«, wollte Mr. Penfold protestieren, doch kam ihm Lian zuvor.

»Doch, doch.« Er schenkte dem alten Mann ein Lächeln. »Zum einen wollen wir keinen Dreck reintragen und zum anderen wäre es nicht praktisch, wenn sie in einer unserer Pfützen ausrutschen.«

»Da hast du natürlich recht, junger Mann.«

Lian zog sich seinen Mantel aus und hängte ihn an die Garderobe. Kaum, dass ich den Reißverschluss meines

Mantels geöffnet hatte, spürte ich seine Hände von hinten an meinen Kragen greifen. »Gib her«, murmelte er mitfühlend und als sich unsere Blicke trafen, erkannte ich Besorgnis darin. Entweder musste ich sehr verstört ausgesehen haben, oder Lian war extrem aufmerksam. Schnell schlüpfte ich aus meinen Boots und stellte sie ordentlich neben Lians.

»Folgt mir doch«, bat Mr. Penfold und humpelte voraus. Mit einer Krücke drückte er gegen eine Schwingtür, hinter der sich uns direkt die Küche offenbarte. Die Möbel waren alt und rustikal, der alte Gasherd versprühte so viel Charme, dass ich am liebsten sofort hier eingezogen wäre.

»Warten Sie, ich helfe Ihnen«, bot sich Lian sogleich an, als Mr. Penfold zur Arbeitsplatte humpelte, auf dem der Kochtopf mit der Milch stand.

Seufzend ließ Mr. Penfold sich helfen und ich realisierte in diesem Moment, dass ihm die Krücken zu schaffen machten.

Sofort bot ich meine Hilfe an. »Wo stehen die Tassen?«

»Dort im Schrank«, mit einer der Gehstützen zeigte er auf einen Hängeschrank, aus dem ich drei Tassen herausholte. »Die Gewürzmilch ist noch nicht fertig«, erklärte er geknickt. »Mit diesen dämlichen Teilen bin ich nicht einmal halb so schnell, wie normalerweise.«

Lian nahm den Deckel ab und atmete den Duft des Milchdampfes ein. »Was geben Sie an Ihre

Gewürzmilch? Anis, Nelken, Zimt, Rohrzucker, Vanille und Kardamom?«

Beeindruckt zog Mr. Penfold die Augenbrauen hoch. »Exakt.«

»Sie sind nicht der Einzige hier, der Gewürzmilch liebt«, grinste Lian ihn an und plötzlich traf mich die eine Erkenntnis mitten ins Gesicht. Ich wusste nicht, wie das passiert war, aber in den letzten paar Minuten hatte meine Meinung über Lian eine 180-Grad-Wendung hingelegt. Plötzlich fand ich ihn gar nicht mehr so vorlaut und arrogant. Wie er jetzt mit Mr. Penfold umging, hätte ich vor einer Stunde niemals von ihm erwartet. Warum eigentlich nicht? Warum hatte ich sofort ein schlechtes Bild von ihm gehabt?

Ich seufzte, denn ich wusste genau, warum. Irgendwann hatte ich angefangen, in Menschen erst einmal das Negative zu sehen. Sogar, wenn es gar nichts Schlechtes gab. Aber es war nun einmal einfacher, jemanden mit der Zeit lieben zu lernen, statt festzustellen, dass man jemandem seine Liebe geschenkt hatte, der diese mit Füßen trat.

***

Eine halbe Stunde später hatten wir unsere Getränke geleert und Mr. Penfold hatte uns darüber aufgeklärt, worin die Arbeit hauptsächlich bestand. Immer und immer wieder hatte er beteuert, wie leid es ihm tat, dass er nicht helfen konnte. Ich erkannte bald, dass es nichts brachte, ihm sein schlechtes Gewissen ausreden zu wollen. Bis morgen würde sich eine externe Firma um seine Rentiere kümmern, allerdings hatte er nicht mehr die monetären Mittel, diese weiterhin zu beschäftigen.

Je länger wir mit ihm an seinem Tisch saßen, desto mehr fragte ich mich, warum wir zu diesem freundlichen Mann keinen Kontakt mehr pflegten, wo er doch Grandpas bester Freund gewesen war. Innerlich wappnete ich mich für das Gespräch, zu dem ich Dad heute Abend zwingen würde. Ich brauchte dringend Antworten. Vorhin im Flur hatte ich mich daran erinnert, wie Gemma und ich als Kinder die dunkelbraune Holztreppe, die sich direkt gegenüber vom Eingang befand, heruntergerannt waren. Es war nur ein kleiner Erinnerungsfetzen, doch er war so klar vor meinen Augen erschienen, als würde er mir etwas sagen wollen. Und mein Gefühl sagte mir, dass Grandpa Claus dabei eine Rolle spielte.

»Nun möchte ich heute nicht weiter eure Zeit beanspruchen«, räusperte Mr. Penfold sich, als wir alles geklärt hatten.

»Wir sind gern hier«, beteuerte ich ihm und meinte es auch so. Irgendetwas an diesem Haus fühlte sich einfach so verdammt richtig an.

»Stimmt«, pflichtete Lian mir bei und stand auf, um die drei Tassen abzuwaschen.

»Das musst du wirklich nicht tun.« Mr. Penfold

verzog schmerzlich das Gesicht.

»Es macht mir nichts aus, Mr. Penfold, ehrlich«, erklärte Lian schulterzuckend.

»Ach bitte lasst doch dieses Mr. Penfold«, bat er uns und wirbelte mit der Hand durch die Luft. »Ich bin Edward«, bot er uns an, ihn zu duzen.

»In Ordnung, Edward«, lächelte ich, ließ mich gegen die hölzerne Rückenlehne fallen und schaute im Raum umher. Mir fiel auf, dass die Klappe seines Mülleimers nicht zuging, woraus ich schloss, dass er voll war. »Ich bringe eben den Müll raus«, erklärte ich und schenkte ihm einen Blick, der keine Widerrede duldete.

Seufzend kapitulierte Edward. »Okay. Danke, Genevieve.«

»Eve«, verbesserte ich ihn aus Gewohnheit, während ich am Sack zerrte, und biss mir sofort auf die Lippe. »Ich werde lieber Eve genannt.«

»Das ist sehr schade«, schmunzelte Edward.

»Finde ich auch«, kam es von Lian aus Richtung der Spüle.

Ich verdrehte die Augen. »Genevieve klingt alt«, erklärte ich ärmlich. Mir war bewusst, dass es ein wertloses Argument war.

»Nichtsdestotrotz ist es ein schöner Name«, bekräftigte Edward seine Meinung.

»Jep«, rief Lian aus der Ecke und fing sich dafür einen finsteren Blick von mir ein, der ihn auflachen ließ. »Sorry, aber Eve kann doch jeder heißen«, erklärte er schulterzuckend und griff nach einem Geschirrtuch. Zu gern hätte ich ihm dieses ins Gesicht gepfeffert.

Ich stemmte die Hände in die Hüften, um etwas zu erwidern, entschied mich aber dagegen. Irgendwann musste ich endlich anfangen, zu akzeptieren, dass man nicht immer das letzte Wort zu haben brauchte. Man war nicht unbedingt unterlegen, nur weil einem die Argumente ausgingen. Ich warf mir kopfschüttelnd den Müllsack über die Schulter und verließ die Küche durch die Schwingtür. Ein warmes Gefühl breitete sich in mir aus, als ich wieder im Flur stand und eine weitere Erinnerung ihren Weg zu mir fand.

Ich sah Grandpa und Edward am Fuße der Treppe stehen, wo sie miteinander lachten. Mir wurde gleichzeitig heiß und kalt ums Herz und ich ließ nach all den Jahren endlich das Gefühl zu, das ich mir seit seinem Tod verboten hatte. Ich vermisste Grandpa Claus und so grausam dieses Gefühl war, so schön war es auch. Er verdiente es, dass man ihn vermisste. Eine einzelne Träne suchte sich ihre Bahn über meine Wange und ich ließ sie gewähren. Denn das hatte er verdient: dass man um ihn weinte. Dass man die Traurigkeit zuließ, die einen überkam, wenn man an ihn dachte. Denn das zeigte, was für ein Verlust es war, ihn niemals wieder bei sich haben zu können.

Kapitel 11

Lian hatte mich vor meinem Elternhaus abgesetzt. Während der Autofahrt war ich so in meinem eigenen Gedanken- und Gefühlsstrudel gefangen gewesen, dass ich kaum wahrnahm, wie wir zurück zum Kern von Sparkle Heights fuhren. Ich erinnerte mich vage daran, dass er mich fragte, ob er mich morgen abholen sollte und ich das Angebot dankend annahm. Ich schüttelte den Kopf, um ihn frei zu bekommen. Wie konnte es sein, dass ich die letzte halbe Stunde dermaßen neben mir gestanden hatte?

Ich wühlte in der Jackentasche nach meinen Schlüsseln, die mir aus der Hand glitten und klimpernd auf dem Boden landeten. Dad musste den Weg erst freigeschaufelt haben, doch es bildete sich schon eine neue, dichte Schneeschicht. Ich drehte mich einmal um meine Achse und sah hoch in den dunklen

Sternenhimmel, aus dem es sanfte Schneeflocken rieselte.

Von diesem Anblick würde ich niemals genug bekommen. Ich ließ meinen Blick durch Moms und Dads Vorgarten ziehen und erkannte, wie viel Mühe sie sich gemacht hatten. Die beiden hatten ein Talent dafür, dass es an jeder Ecke weihnachtlich funkelte, es aber weder billig noch übertrieben aussah. Die große Tanne im Vorgarten hatten sie mit einem Lichternetz geschmückt, das in warmweißem Licht langsam blinkte, sodass es aussah wie ein Sternenfunkeln. Daneben standen leuchtende Rentiere und auf der Hecke saßen vereinzelte Lichttierchen - ich erblickte ein Eichhörnchen und ein paar Vögel.

»Eve?« Moms Stimme, die von der Haustür zu mir schwappte, riss mich aus meiner Bewunderung. »Komm endlich rein, du frierst dir noch deinen Hintern ab.«

Schmunzelnd verdrehte ich die Augen. »Ja, Mom. Ich komme ja schon rein.« Ich bückte mich zu meinen Schlüsseln, die bereits von einer Schneeschicht bedeckt waren, und lief zum Haus. Bevor ich hineinging, drehte ich mich um, um meine Fußstapfen im Schnee zu sehen. Ich hatte diesen Anblick schon als Kind geliebt.

»Kakao oder Glühwein?«, trällerte Mom aus der Küche und ich verzog den Mund zu einem Grinsen. Was für ein Service, dabei hatte ich mich noch nicht einmal meiner Kleidung entledigt.

»Glühwein«, rief ich ihr zu und fügte »mit Amaretto«

hinzu.

»Genevieve«, hörte ich Dad lachend, aber auch ein wenig tadelnd meinen Namen rufen.

Ich betrat die Küche, wo er und Mom hantierten. »Was denn?« Ich rieb meine kalten Hände aneinander, lief auf die beiden zu und drückte jedem von ihnen einen Kuss auf die Wange. »Ich muss mich eben aufwärmen.«

»An Argumenten hat es dir noch nie gefehlt«, zwinkerte er mir zu.

»Da hast du recht«, witzelte ich und spürte, wie meine Entschlossenheit, ihn heute zur Rede zu stellen, zurückwich. Er war so glücklich und ich wollte unseren gemeinsamen Abend nicht versauen, indem ich ein Thema aus einer Schublade holte, die bestimmt nicht ohne Grund verschlossen worden war.

»Wie war dein Tag?« Mom befüllte drei Thermogläser mit Glühwein und ich kannte sie zu gut, um zu erkennen, wie betont beiläufig sie klingen wollte.

Mein Blick glitt zur Wanduhr, die über der Tür hing. »Nun, er ist ja noch lange nicht um«, grinste ich, denn es war erst halb fünf. Durch die frühzeitige Dunkelheit hätte es wohl aber auch schon weit nach acht Uhr sein können.

»Für Glühwein ist es im Dezember aber nie zu früh«, warf Dad ein und zeigte auf den Durchgang zum Wohnzimmer. »Ich hole den Amaretto.«

»Und den Rum«, rief Mom ihm nach, was ich mit aufgerissenen Augen quittierte. »Was denn?« Sie zuckte mit den Schultern. »Wenn du dich aufwärmen musst, mach ich das auch.«

»Ich habe wohl einen schlechten Einfluss auf dich«, grinste ich.

»Richtig«, pflichtete sie mir bei. »Und außerdem ist das Kinderpunsch.« Sie zeigte auf den Topf.

***

Wenig später saßen wir im Wohnzimmer vor dem Kamin und tranken genüsslich.

»Dein Kinderpunsch schmeckt gar nicht mal so schlecht«, neckte Mom Dad, welcher nur brummte. Er hatte den Rotwein im Supermarkt vergessen, womit Mom ihn schon die ganze Zeit aufzuziehen schien.

»Also Eve«, Dad räusperte sich. »Wie war denn dein Tag?«

Ich stellte mein Glas kurz auf dem Sofatisch ab, um mich in eine kuschelige Decke einzumurmeln. »Gar nicht so schlimm wie erwartet«, gab ich zu. »Wir sind gemeinsam hoch zur *Penfold Rentierfarm* gefahren und haben Mr. Penfold, ich meine Edward, kennengelernt.«

Kaum merklich spannte Dad sich an, versuchte aber, es sich nicht anmerken zu lassen. »Und?«, er schaute in sein Glas, ehe er weitersprach. »Wie geht es ihm?«

»Er ist vor zwei Wochen auf seiner Farm ausgerutscht und hat sich ein Bein gebrochen«, erzählte ich. »Deswegen braucht er jetzt Hilfe mit seinen Rentieren.«

»Verstehe«, murmelte Dad und ich erkannte, dass jetzt doch der richtige Moment war, das Thema anzusprechen.

»Dad«, setzte ich geduldig an und schaute ihm direkt in die Augen. »Was ist denn los?«

Er seufzte und lehnte sich zurück. »Grandpas Tod ist jetzt ein paar Jahre her«, raunte er leise.

»Sieben«, flüsterte ich.

Dad nickte. »Genau. Sieben Jahre. Edward war damals nicht bei seiner Beerdigung gewesen und das -«, er stockte, »das hatte mich so immens verletzt, dass ich ihm gesagt hab, dass ich ihn niemals wieder sehen möchte.«

Ich schluckte, der Schock seiner Worte saß tief. Zum einen verstand ich nicht, dass Edward nicht zu Grandpa Claus' Beerdigung gekommen war, wo er doch sein bester Freund war. Zum anderen, dass Dad so etwas jemals zu einem Menschen sagen konnte. Nicht er, nicht mein Dad. Er musste sich so dermaßen verletzt gefühlt haben, dass die Worte seinen Mund verlassen hatten, ehe er sich über die Konsequenzen derer im Klaren war.

»Warum?« Meine Stimme war so leise, dass ich sie selbst kaum vernahm.

»Er erklärte mir, dass er es nicht konnte«, gab Dad leise zu. Mom war ungewöhnlich still und strich ihm mitfühlend über den Rücken.

»Es nicht konnte?«, wiederholte ich seine Worte.

»Dads Tod hatte ihn mit genau solch einer Wucht getroffen, wie uns«, sagte Dad mit belegter Stimme. »Er beteuerte mir, dass er es nicht ertrug, um ihn zu trauern. Dass er es nicht wahrhaben wollte.«

Ich spürte, wie sich mein Herz zusammenzog, denn gleichermaßen hatte ich meine Trauer bis vor ein paar Stunden nicht zugelassen. Ein unsichtbares Band schnürte mir die Kehle zu und ich versuchte krampfhaft, meine Tränen zurückzuhalten.

»Ich bin seitdem nicht mehr auf ihn zugegangen«, gab Dad zu und ließ die Schultern hängen. »Ich weiß, dass es meine Aufgabe ist.«

Ich schüttelte den Kopf. »Nein, Dad. In solchen Situationen gibt es keine Rangordnung.«

Er hob den Blick an und schenkte mir ein vorsichtiges Lächeln. »Wann bist du nur so erwachsen und weise geworden, meine kleine Genevieve.«

Jetzt rann mir doch eine einzelne Träne über die Wange, die ich sofort mit dem Handrücken wegwischte. »Ach, Dad«, winkte ich ab. »Lass das.«

»Mein Glühwein ist leer«, ertönte plötzlich Moms Stimme, die mal wieder genau den richtigen Zeitpunkt erkannte, um ein Thema vorläufig zu beenden. »Wer will auch noch Nachschub?«

Dad und ich hielten ihr gleichzeitig die Gläser hin, woraufhin wir uns erst anblickten und dann in Gelächter ausbrachen.

Es half mir, hier zu sein und mit den beiden zu

reden. Und all das Gesagte von eben vergrößerte den heimlichen Wunsch in mir, meine Beziehung zu Gemma endlich auf die Reihe zu bekommen. Ich hatte nur diese eine Schwester und es musste uns doch vergönnt sein, uns auch wie eine Familie zu benehmen.

Kapitel 12

»Hör endlich auf zu lachen«, verlangte ich lautstark von Lian, während ich mir den Schnee vom Hintern klopfte. »Das ist ü-ber-haupt nicht wit-zig«, betonte ich jede einzelne Silbe.

»Na endlich«, erwiderte er mit einem verschmitzten Lächeln.

Perplex hielt ich in der Bewegung inne. »Was?«

»Du hast mich geduzt«, erklärte er.

»Hab ich nicht«, erwiderte ich bockig, obwohl ich wusste, dass er recht hatte. *Verdammt!*

Lachend warf er den Kopf in den Nacken. »Doch, Genevieve, hast du.«

Ich stampfte auf den Boden auf, damit der Schnee von meiner Jeans abfiel und versuchte zu ignorieren, dass tausende Schmetterlinge in meinem Bauch wüteten. Was bitte war da drinnen nur los? Warum wurde mir erst eiskalt und im nächsten Moment heiß, nur weil ihm auffiel, dass ich ihn versehentlich geduzt hatte?

Seit dem Moment, in dem er mich abgeholt und ich den ersten Schritt in den Schnee gesetzt hatte, stand ich auf irgendeine Art und Weise neben mir. Er hatte nicht bloß im Auto auf mich gewartet, er war zur Tür gekommen und hatte geklingelt. Sehr zur Freude von Mom, die ihn anhielt, kurz zu warten, um dann nicht nur mir, sondern ihm ebenfalls eine Plätzchentüte in die Hand zu drücken. Diese Geste kam auf jeden Fall auf meine *Mom-ist-grausam-Liste*.

Heute war ein bezaubernder Tag, die Wintersonne strahlte mit einer Energie, die mir beinahe die Augen verblendete. Ich bereute es, keine Sonnenbrille eingepackt zu haben. Dennoch war es eiskalt, aber wenigstens schneite es nicht. Klar, ich liebte den Schnee, aber er ging mir jetzt schon bis zu den Schienbeinen.

»Komm«, forderte er mich auf und zeigte auf die große Scheune, die ein paar Höhenmeter weiter oben stand. Edward hatte uns haargenau erklärt, wie wir die Rentiere aus der Scheune ließen.

»Ja, ja«, murmelte ich und stapfte weiter. »Geh' du ruhig vor.«

»Ach, jetzt darf *ich* vorgehen, ja?« Er ließ die Hände locker in seinen Jackentaschen verschwinden.

»Laber nicht, geh einfach«, wies ich ihn an und versuchte krampfhaft, nicht zu lächeln.

»Du willst doch nur, dass ich im Schnee lande, so wie

80

du vor ein paar Minuten.«

Ich zog eine Augenbraue hoch. »Wenn du jetzt nicht sofort weitergehst, gibt es einen anderen Grund dafür, dass du Schnee schmeckst, als ein Loch im Boden«, drohte ich ihm mürrisch. Vor ein paar Minuten war ich in ein Bodenloch getreten und kurzerhand zur Seite gefallen, wie ein nasser Sack. Ich hörte Lians schadenfrohes Lachen noch immer in meinen Ohren. So ein mieser Mist-Arsch!

Selbstverständlich wollte ich mich nicht gleich wieder direkt vor ihm hinpacken, weshalb ich verlangte, dass er jetzt vorging. War es fies, mir zu wünschen, dass er ebenfalls hinfiel und dazu ein paar Meter wegrollte?

Ich kicherte bei dem Gedanken daran.

»Was ist so lustig?« Lian drehte sich zu mir um und zog eine Augenbraue hoch.

»Ach«, winkte ich ab. »Gar nichts.«

Misstrauisch beäugte er mich. »Irgendwie macht sich in mir das Gefühl breit, dir besser nicht den Rücken zuzukehren.«

Gespielt empört riss ich den Mund auf. »Für so hinterhältig hältst du mich also?«

Er nickte. »Oh, ja.«

Ich schnalzte mit der Zunge. »Keine Sorge. Von mir gibt es nur Frontalangriffe.«

Er drehte sich wieder um. »Dein Wort in Gottes Ohr«, rief er und stapfte weiter voran.

Wenige Minuten später hatten wir die Scheune

erreicht und ich ließ mich erst einmal erschöpft auf einem kleinen Holzhocker nieder.

»Was denn, schon kaputt?« Belustigt zog Lian eine Augenbraue hoch und stemmte seine Hände in die Hüfte. »Ruh dich erst einmal aus, Oma Genevieve, ich schau mich derweil um.«

Er wusste genau, wie er es schaffte, mich zu ärgern. »Sehr witzig«, erwiderte ich und stemmte mich wieder hoch, obwohl ich liebend gern ein Weilchen sitzengeblieben wäre. Allerdings begehrte ich nicht darauf, mir die Blöße geben zu müssen und ihm zu zeigen, wie unsportlich ich war.

Er schmunzelte bloß und lief weiter in die Scheune hinein. »Das hier muss das Futter sein«, rief er mir zu. Ich selbst war in die entgegengesetzte Richtung gelaufen und fand mich inmitten der Rentiere wieder. Jedes hatte seinen eigenen Stallbereich und ich bildete mir ein, dass sie mir verwunderte Blicke zuwarfen, als sie mich sahen.

»Hi«, sagte ich einem von ihnen zugewandt. »Ich bin Eve.«

»Du hast dich gerade nicht wirklich einem Rentier vorgestellt?« Lians Stimme plötzlich so nah zu hören, jagte mir einen dermaßen Schrecken ein, dass ich kurz aufschrie.

»Was hast du bitte für ein Problem?« Zornig sah ich ihm direkt in die Augen und hielt mir eine Hand ans Herz, das wie wildgeworden über sich selbst stolperte.

»Gefällt es dir, mich zu erschrecken?«

Er grinste schelmisch. »Ja. Das tut es in der Tat.«

»Du hast sie echt nicht mehr alle«, murrte ich und trat einen Schritt auf das Rentier zu. »Ob du wohl auch einen Namen hast?« Ich spürte, dass Lian nach wie vor nah hinter mir stand und verfluchte das Kribbeln, das sich von meiner Körpermitte in den Rest meines Körpers ausbreitete. Ich unterband mir selbst das Atmen, denn wenn ich jetzt Luft holte, würde ich nur wieder seinen frischen Duft nach Wald und Minze wahrnehmen, der mir schon im Auto das Gehirn vernebelt hatte.

»Das ist Prancer«, munkelte Lian. Er hatte sich ein Stück zu mir heruntergebeugt, wahrte aber einen gewissen Abstand.

Ich schluckte die Nervosität herunter und schlagartig war mir nicht mehr kalt. »Woher willst du das wissen?« Meine Stimme war leider nicht so fest, wie ich mir das gewünscht hätte.

Er lachte und hob den Arm an, wobei er mich beiläufig am Oberarm berührte, um auf ein Schild zu deuten, das an einem Balken oberhalb der Klappe hing. Die Berührung verwandelte meine Knie augenblicklich in Pudding.

»Oh«, erwiderte ich. Auf dem Schild prangte neben dem Namen *Prancer* eine Zuckerstange. »Sag' mir nicht, dass die anderen Rentiere Dasher, Dancer, Vixen, Comet, Cupid, Donner, Blitzen und Rudolph heißen.«

Lian lachte laut auf und plötzlich spürte ich seine

Hände auf meinen Schultern. »Du bist echt ein kleiner Freak, Genevieve. Wer, der nicht sieben Jahre alt ist, kann bitte die Namen von Santas Rentieren aufzählen, ohne zu überlegen?« Er drehte uns um unsere Achse, sodass er noch immer hinter mir stand, ich aber die Schilder der anderen Boxen lesen konnte. Die Stellen, an denen er mich berührte, glühten, obwohl dazwischen ein Shirt, ein Pullover und meine dicke Winterjacke lagen.

Dasher, Dancer, Prancer, Vixen, Comet, Cupid, Donner, Blitzen, Rudolph und Sven. »Träume ich?« Ich fiel in sein Lachen ein und gestand mir in diesem Moment ein, dass ich lange nicht mehr so ehrlich gelacht hatte. Es tat gut - so verdammt gut. »Am besten gefällt mir *Sven*. Von der Eiskönigin.«

»Ich glaube nicht, dass du träumst«, erwiderte er bebend und ließ seine Hände von meinen Schultern gleiten. »Weißt du, was ich noch viel witziger finde?«

Ich trat einen kleinen Schritt vor, drehte mich zu ihm um und sah zu ihm auf, da er fast einen Kopf größer war als ich. Sein Lächeln war das Schönste, das ich jemals gesehen hatte. Seine dunkelblauen Augen strahlten mich an und unter dem rechten Auge bildete sich ein Grübchen. Schnell trennte ich unseren Blickkontakt, da mich eine Welle an Gefühlen zu überschwemmen drohte, der ich nicht gewachsen war.

Ich räusperte mich. »Was denn?«

»Dass Edward mit seinen weißen Haaren, dem

weißen Bart und der Brille aussieht, wie Santa Claus höchstpersönlich«, erklärte er und ich hörte das Schmunzeln in seiner Stimme.

»Mein Grandpa hieß Claus.« Die Worte purzelten so schnell aus meinem Mund, dass ich sie nicht hatte aufhalten können. Ich hoffte, dass er mich möglicherweise nicht gehört hatte.

In seine Stimme legte sich Mitgefühl. »Das habe ich mir schon gedacht.«

Verwundert legte ich den Kopf schief. »Woher?«

»Gestern, als wir Edwards Haus betreten hatten, hast du *Grandpa Claus* gewispert.«

Ich schluckte den Kloß in meinem Hals herunter, der sich in Erinnerung an gestern dort gebildet hatte.

»Wow.« Ich lachte in der Versuchung, beiläufig zu klingen. »Da ist aber jemand aufmerksam.«

Auf einmal räusperte er sich und entfernte sich ein paar Schritte. »Wir müssen die Rentiere füttern«, unterrichtete er mich und seine Stimme klang kalt. Was war denn in diesen Minuten geschehen? Hatte ich ihn etwa mit meiner Aussage vor den Kopf gestoßen?

Kapitel 13

Ich hätte niemals gedacht, dass es so anstrengend war, zu schweigen. Von einer auf die nächste Sekunde war Lian wie ausgewechselt gewesen. Er redete nichts weiter als das Nötigste mit mir, witzelte nicht mehr herum und ignorierte komplett, dass ich ein weiteres Mal hingefallen war. *Alles okay?* Hatte er nur gebrummt, worauf ich mürrisch genickt hatte.

Die Stimmung war schneidend kalt gewesen, sodass ich bald nicht nur aufgrund der eisigen Temperaturen fröstelte. Während er sich um die Reparatur einer Stalltür kümmerte, entfernte ich mich mit der Ausrede, bei Edward nach dem Rechten zu schauen. Wir hatten zuvor die Rentiere aus ihren Boxen gelassen, wobei mir unaufhörlich etwas mulmig war. Diese Tiere waren vielleicht groß!

Im Haus begrüßte Edward mich mit einer heißen

Tasse Kakao, an der ich mir meine vor Kälte versteiften Finger wärmte. Ohne seine Widerreden zuzulassen, schnappte ich mir den Staubsauger und brachte das Untergeschoss auf Vordermann. In der Küche wischte ich die Fächer aus und wusch sämtliches Geschirr ab, brachte den Müll heraus und tat alles, damit ich nicht wieder raus zu Lian gehen musste. Als es dämmerte, schnappte ich mir widerwillig meine Jacke und schlüpfte in die Boots, um Lian dabei zu helfen, die Rentiere in ihre Boxen zu führen. Kaum, dass ich durch den Schnee zur Scheune gestapft war, hörte ich schon ein lautes Fiepen und erkannte, dass Lian in die Pfeife blies, die Edward uns gegeben hatte.

Ich beobachtete, wie die Rentiere in einen langsamen Trott verfielen und gemütlich zu ihrem Nachtlager spazierten. Irgendwie hatte ich die Vorstellung gehabt, sie würden draußen schlafen, allerdings war dem nicht so.

Während der Autofahrt führten wir die Totenstille weiter und vielleicht, ganz vielleicht, hatte ich seine Autotür eine Prise zu heftig zugeschlagen, als er mich vor Moms und Dads Haus abgesetzt hatte. Mir war dabei nicht entgangen, wie er zusammengezuckt war, was mir eine seltsame Befriedigung beschaffte. Keine Ahnung, was sein Problem war. Mir sollte nochmal jemand vorhalten, dass ich zeitweise überempfindlich reagierte. Lian hatte mich heute um Meilen geschlagen.

»Blödarsch«, murmelte ich, als ich den Weg zur

Haustür entlang lief und mechanisch meine Schlüssel aus der Jackentasche zog. Ich war so lange Zeit nicht mehr hier gewesen und doch verfiel ich wieder in diese Selbstverständlichkeit, als wäre ich niemals fortgegangen.

An der Tür begrüßte mich Mom, die gerade einen vollen Wäschekorb nach oben trug. »Hi, mein Schatz. Wie war -«

»Nein«, unterbrach ich sie ungehobelt, kickte meine Boots in die Ecke und hängte mürrisch meine Jacke an die Garderobe.

»Oh oh«, murmelte Mom und zog die Mundwinkel nach unten. »Keinen guten Tag gehabt?«, versuchte sie es erneut und ich atmete tief ein, um die Wut im Zaum zu halten. *Mom kann nichts dafür, Mom kann nichts dafür, Mom kann nichts dafür,* sprach ich mir in Gedanken selbst zu wie ein Mantra.

»Nein, im Gegenteil«, seufzte ich. »Ich würde gern etwas essen und dann nach oben gehen«, bat ich erschöpft. Aus der Küche drang der einladende Duft von Käse-Sandwiches in meine Nase und schaffe es sogar, die Wut in meinem Bauch ein wenig einzudämmen.

»Dad macht uns gerade Sandwiches, geh am besten zu ihm, wenn du auch eines möchtest«, empfahl sie mir, strich mir einmal über den Oberarm und setzte ihren Weg nach oben fort.

»Okay«, sprach ich mehr zu mir selbst, als zu ihr, tapste in die Küche, wo ich mich wie ein nasser Sack auf einem Stuhl fallenließ. »Hi, Dad«, begrüßte ich ihn und grinste, als ich sah, dass er seine '*Dad ist der beste Koch der Welt*'-Schürze trug, die Gemma und ich ihm geschenkt hatten, als wir Kinder waren.

Er drehte sich zu mir um, in einer Hand ein Stück Cheddar, in der anderen eine Scheibe Brot. »Hunger?«

Ein tiefes Grummeln aus meinem Bauch war ihm Antwort genug. »Oh ja«, lächelte ich und stand auf, um schon einmal den Tisch zu decken.

»Wie war dein Tag?«, erkundigte sich Dad, woraufhin ich laut stöhnte.

»Miserabel, okay? Er war miserabel«, jammerte ich, während ich den Teekessel mit Wasser füllte, um ihn danach auf dem Herd zu platzieren.

»Das heißt, für dich gibt es ein extra dickes Käse-Sandwich«, lächelte Dad mich aufmunternd an und schaffte es, dass noch ein kleines bisschen Wut aus meinem Bauch verschwand.

»Danke, Dad«, nuschelte ich in dem Wissen, dass er genau wusste, wofür ich mich bedankte. Wenn ich eine Charaktereigenschaft von Dad geerbt hatte, dann die, dass ich nicht gern sofort darüber sprach, wenn es mir schlechtging. Es war schon immer so gewesen, dass ich erst einmal Zeit mit mir allein brauchte, um meine Gedanken zu ordnen, ehe ich mich damit an Mom, Dad oder Freunde wandte.

Nach dem Abendessen schickte ich meine Eltern zum Entspannen ins Wohnzimmer und erledigte den Abwasch. Als ich fertig war, steckte in den Kopf ins Zimmer, wo Mom mit dem Kopf auf Dads Brust eingeschlafen war.

»Gute Nacht, Dad«, flüsterte ich in den Raum hinein und er zwinkerte mir als Antwort zu.

Bevor ich in mein Zimmer kletterte, kochte ich mir eine Kanne Tee für oben, putzte mir die Zähne und bereitete mich für das Zubettgehen vor, damit ich nicht noch einmal herunter musste. Das hatte ich mir schon als Teenager angewöhnt, denn es gibt kaum etwas Ungemütlicheres als sich aus seinem warmen Bett heraus zu quälen. Ich knipste sämtliche Lichterketten an und legte mein Handy, das ich in der Hosentasche trug, auf dem Nachttisch ab. Das Blinken der Benachrichtigungsleuchte zog meine Aufmerksamkeit auf sich. Verwundert runzelte ich die Stirn, denn weiß leuchtete diese nur auf, wenn es sich um jemand Unbekanntes handelte, der versuchte mich zu kontaktieren. Ehe ich meine Neugierde befriedigte, schlüpfte ich in einen kuscheligen Jumpsuit-Pyjama und dicke Wollsocken, kuschelte mich in meine Kissenlandschaft und deckte mich mit der Decke, die nach Zuhause duftete, zu. Kurzerhand griff ich nach dem Smartphone, entsperrte den Bildschirm und wechselte zum Nachrichtenprogramm.

Unbekannt: Ich hole dich morgen um 10 Uhr ab. Und sorry.

Ich schluckte und ließ das Handy auf meine Decke fallen. Augenblicklich schwirrten mir Fragen durch den Kopf, allen voran, woher er meine Nummer hatte und warum er sich entschuldigte. Ich fröstelte, als stünde ich gerade vor der Tür, hinter der ich eine mündliche Prüfung würde ablegen müssen. Unbehaglichkeit und nervöse Aufregung hielten sich die Waage, ich wusste nicht, welche Reaktion ich ihm schenken sollte. Plötzlich wurde mir so heiß, dass ich die Decke zurückschlug, um Luft an mich heranzulassen. Was geschah da mit meinem Körper? Warum wurde mir erst kalt, dann heiß und warum zitterten meine Hände, sodass ich kaum das Handy festhalten konnte?

»Ich muss was trinken«, murmelte ich zu mir selbst und füllte mir Tee aus der Kanne in eine meiner Tassen, die ich in einem Regal neben dem Bett stehen hatte. Die warme Flüssigkeit in der Tasse wärmte meine eiskalten Finger, mit denen ich letzten Endes wieder nach dem Smartphone griff.

Ich: Okay. Woher hast du denn meine Nummer?

Ich pustete einen Schwall Luft aus, als ich die Nachricht absendete und realisierte erst dann, dass ich sie vor Anspannung angehalten hatte. Es wäre gelogen zu behaupten, dass mir die Formulierung der Nachricht glatt von der Hand ging. Genau genommen hatte ich zehn Entwürfe verworfen, ehe ich mich dafür entschied, möglichst neutral zu antworten.

Unbekannt: Elaine :P

Ich runzelte die Stirn. Nicht nur, dass Elaine einfach meine persönlichen Daten weitergab. Viel mehr wunderte ich mich, dass er sie ebenfalls beim Vornamen nannte. Sie war zwar unsere Bürgermeisterin und jeder kannte sie, doch ihr war Respekt unheimlich wichtig und ich wusste, dass sie niemals schnell Freundschaft schloss. Zumindest hatte Mom mir das einmal erzählt, die seit ihrer Teenagerzeit mit Elaine befreundet war.

Ich: Du nennst sie beim Vornamen?

»Idiot«, stöhnte ich zu mir selbst und verdrehte die Augen. Was für eine seltendämliche Frage.

Unbekannt: Das sollte ich, sie ist meine Patentante.

Seine Nachricht ploppte auf, als ich einen Schluck Tee trinken wollte. Ich verbrühte mir Zunge und Lippe, und fluchte leise. Ich überlegte, wie ich all die Fragen in meinem Kopf ordnen und stellen sollte, allerdings fielen mir trotz der Aufregung fast die Augen zu vor Müdigkeit.

Ich: Ich wusste überhaupt nicht, dass sie einen Patensohn hat. Auf den Grund, warum sie dich geheim gehalten hat, bin ich sehr gespannt. Überleg dir schon einmal eine erstklassige Geschichte. Ich gehe jetzt schlafen, gute Nacht.

Wenige Sekunden später erschien seine Antwort, die mir wider Erwarten durch Mark und Bein ging. Die Schmetterlinge in meinem Bauch wirbelten durcheinander und dieses aufgeregte Beben, das ich schon bei unserer ersten Begegnung gespürt hatte, breitete sich in mir aus.

Unbekannt: Schlaf gut, Genevieve.

Kapitel 14

Die letzten drei Tage waren wie im Fluge vergangen. Seit drei Tagen wartete ich jeden Morgen, dass Lians schwarzer Range Rover vorfuhr, schnappte mir meine Jacke und sah zu, dass ich aus dem Haus kam.

Auch heute wollte ich auf alle Fälle vermeiden, dass Mom ihn ein weiteres Mal überfiel und ihm eine Kekstüte zusteckte.

Wie ein Geheimagent lugte ich durch das schmale Fenster neben der Haustür und sah ihn die Straße entlang fahren.

»Mein Chauffeur ist da, bis heute Abend«, trällerte ich Mom zu, die daraufhin wie ein Blitz durch die Küchentür geschossen kam. Auf Zehenspitzen stellte sie sich hinter mich und versuchte, ebenfalls einen Blick zu erhaschen.

»Mom«, kichernd drehte ich mich zu ihr um. »Was

wird denn das?«

»Du versteckst deinen Freund doch mit Absicht vor mir«, schmollte sie.

Ich spürte, wie mir die Hitze ins Gesicht stieg. »Lass das! Er ist nicht mein Freund«, versicherte ich ihr und bereute im gleichen Moment, dass ich ihrem Blick auswich. Mist. Mom war schon immer aufmerksam gewesen und würde mit Sicherheit merken, dass meine Gefühle derzeit Achterbahn fuhren.

»Aber du magst ihn, hm?« Ihre sanfte Stimme und der wissende Blick sorgten dafür, dass sich mein Bauch anfühlte, als würde eine Horde Rentiere darin umher galoppieren.

»Er ist okay«, gab ich schulterzuckend zu und bückte mich herunter, um mir meine Boots zuzuschnüren. Plötzlich hörte ich das dumpfe Geräusch einer zufallenden Autotür. »Oh nein!« Blitzschnell richtete ich mich auf, um durch das Fenster zu schauen, und tatsächlich - er war auf dem Weg zur Haustür. *Nein, nein, nein, nein.*

»Meine Güte, Eve«, schwärmte Mom. »Der ist nicht von schlechten Eltern.«

Ich stöhnte auf, legte meine Hände auf ihre Schultern und schob sie sanft zur Küche. »Mooooom, bitte!«

»Wie groß er wohl ist?«

»Kei-ne Ah-nung«, presste ich hervor und zeigte auf die Küchentür. »Wenn du mich auch nur ein bisschen liebst und respektierst, gehst du jetzt in die Küche«, bat ich sie nachdrücklich.

Sie lächelte mich an. »Du magst ihn ja wirklich.«

»Ja, und dich gleich nicht mehr, Mom«, presste ich hervor und schenkte ihr einen vernichtenden Blick. Ich sah erneut aus dem Fenster, in wenigen Sekunden würde er hier sein.

»Ist ja gut«, lachte sie und verschwand endlich aus Sichtnähe.

Ich atmete erschöpft aus und fühlte mich, als wäre ich einen Marathon gerannt. Das melodische Geräusch der Klingel ließ mich zusammenzucken und ich griff nach der Klinke, um schwungvoll die Tür zu öffnen.

»Hey«, begrüßte ich ihn und setzte, noch bevor er etwas antwortete, einen Fuß aus der Tür.

»Guten Morgen«, hörte ich Moms Stimme näherkommen und kniff die Augen zusammen. *Das durfte doch nicht wahr sein.*

Lian, der so nah neben mir stand, dass sein Duft mir mal wieder die Sinne vernebelte, lachte leise. »Guten Morgen Mrs. Coldwell. Bist du soweit?« Er richtete seine Aufmerksamkeit wieder auf mich, als würde er spüren, dass ich brodelte.

Ich drehte mich langsam um und sah Mom mit zwei Thermobechern auf uns zugehen. »Ich habe hier etwas für euch.«

»Mom«, drohte ich ihr mit gedämpfter Stimme. »Was ist das?«

Sie legte den Kopf schief und hielt uns jeweils einen

Becher hin. »Kakao«, lächelte sie nur.

»Danke. *Mom*.« Die Warnung in meiner Stimme war nicht zu überhören. Ich konnte einfach nicht fassen, dass das gerade wirklich geschah.

»Vielen Dank, Mrs. Coldwell«, bedankte Lian sich höflich und nahm ihr beide Becher aus den Händen. »Ich liebe selbstgemachten Kakao.«

Er benahm sich wie der perfekte Schwiegersohn. »Schleimer«, hüstelte ich, erntete von beiden einen entrüsteten Blick und wandte mich um, um zum Auto zu laufen.

Ich hörte, wie Lian etwas zu meiner Mutter sagte, verstand aber leider nicht, was.

Als ich mich anschnallte, öffnete er seine Autotür und reichte mir erst einen, dann den zweiten Kakaobecher. Es war nicht zu übersehen, dass er sich ein Lachen verkniff.

»Lass es«, forderte ich ihn auf und starrte angestrengt auf die beiden Getränke in meinen Händen.

»Sie ist doch sehr freundlich.« Er schnallte sich ebenfalls an und zuckte dann mit den Schultern.

»Sie liebt es, mich in peinliche Situationen zu bringen«, jammerte ich und bereute meine Worte sofort.

Er lachte. »Was genau ist dir denn peinlich?« Seine Stimme nahm einen kleinen Grad an Keckheit an. War das etwa ein Versuch seinerseits, mit mir zu flirten?

»Weil«, begann ich, wusste aber nicht, wie ich mich

am besten aus der Affäre zog. Ich konnte ihm wohl kaum sagen, dass seit drei Tagen eine wilde Party in meinem Uterus gefeiert wurde, sobald ich auch nur an ihn dachte.

»Weil?«, hakte er nach und startete den Motor.

»Weil«, wiederholte ich mich, »ich keine fünf Jahre alt mehr bin und sie mir und meinem Freund keinen Kakao zu kochen braucht.« *Fuck. Genevieve Coldwell, du bist ein Idiot.*

»Dein Freund also, ja?« Er besah mich mit einem Grinsen, das mir die Hitze durch den Körper jagte und zwinkerte mir zu allem Überfluss zu.

»Verdreh mal jetzt hier nicht alles«, wehrte ich ab. »Das war darauf bezogen, dass wir fünf Jahre alt sind. Also wären«, stotterte ich weiter. »Also wenn wir fünf wären, wärst du mein Freund und dann wäre das mit dem Kakao ja ganz normal.« Ich plapperte plötzlich unaufhörlich. »Also wenn du halt der Nachbarsjunge wärst oder so. Vielleicht wärst du ja aber auch ein Mädchen.«

»Eve?«, unterbrach er mich.

»Ja?« Ich klammerte mich an die Becher in meinem Schoß.

»Du redest Blödsinn.«

Ich atmete verzweifelt aus. »Ich weiß. Aber du hast mich ja auch nicht unterbrochen.«

Er lachte. »Jetzt bin ich daran schuld, dass du nervös herum plapperst?«

Oha. Was für ein Dummarsch.

»Ich bin nicht nervös«, beharrte ich und wünschte mir, meine Stimme wäre etwas fester gewesen.

»Doch, bist du.«

Aus dem Augenwinkel sah ich, dass er die Mundwinkel verzog. Warum lächelte er? Warum saß ich hier in seinem Auto, plapperte infantiles Zeug und bebte vor Aufregung, nur, weil er lächelte? In diesem Augenblick war ich froh, mit den Bechern etwas zu haben, an dem ich mich festhalten konnte. Wie eine Schneelawine überrollte mich die Erkenntnis, dass ich mich, ohne es selbst bemerkt zu haben, in seinem Lächeln würde verlieren können. *Oh Himmel, wo sollte das nur enden?*

Kapitel 15

Ich wusste nicht, wann ich das letzte Mal so komplett durchgefroren gewesen war. Niemals hätte ich gedacht, dass es noch kälter werden konnte, als in meiner Erinnerung an die Winter in meiner Kindheit. Es war den ganzen Tag ein schneidender Wind über die *Penfold Rentierfarm* gefegt, der sich bald durch die dicken Schichten meiner Kleidung direkt in meine Knochen gefressen hatte. Nachdem ich mit klappernden Zähnen mit Mom und Dad zu Abend gegessen hatte, schickte Mom mich in die heiße Badewanne. Nur langsam taute ich auf und spürte sogar bald wieder etwas Wärme in meinen Zehen und Fingern strömen.

Während ich unter der dicken Schaumschicht lag, lief der heutige Tag wie ein Film vor meinen geschlossenen Augen ab. Er hätte nicht chaotischer sein können. Wenn man das Gefühlschaos, das mir seit Tagen Gesellschaft leistete, mal außen vor ließ.

Kaum, dass Lian seinen SUV in der Einfahrt geparkt hatte, überhäuften sich die Ereignisse. Wie schon die Tage zuvor, öffnete uns Edward die Tür, mit dem Unterschied, dass er schrecklich aussah. Seine Augen waren blutunterlaufen, die Nase konkurrierte mit der von Rudolph dem Rentier und ein röchelnder Hustenanfall überfiel ihn. Edward hatte sich erkältet und es war ihm kaum möglich, sich selbst auf seinen Krücken zu halten.

Lian war blitzschnell nach vorn geschossen, um den alten Mann zu stützen. Sein Zustand erschrak mich fast zu Tode. Wie konnte man über Nacht um so viele Jahre altern?

Wir verfrachteten Edward trotz großen Protests in sein Bett, das ich zuvor frisch bezog, und riefen Dr. Riley an, die sich direkt auf den Weg machte. Edward wollte das Wort Bettruhe nicht hören, doch kam er nicht gegen uns an und kapitulierte in letzter Konsequenz. Während Lian sich zur Scheune aufmachte, durchforstete ich Edwards kleine Speisekammer und fand eingefrorene Hühnersuppe in seiner großen Tiefkühltruhe. Ein Glück, denn ich hätte nicht gewusst, wo ich so schnell Zutaten hätte auftreiben sollen, um selbst eine zu kochen. Kurzerhand rief ich Mom bei ihrer Arbeit im Supermarkt an und gab ihr ein paar Dinge durch, die sie mir mitbringen sollte.

Danach schnappte ich mir Edwards Hausschlüssel,

da ich nicht wusste, wo er seine Ersatzschlüssel aufbewahrte, und half Lian dabei, die Rentiere in den Wald herauszulassen. Am frühen Nachmittag setzte ein erneutes Schneetreiben ein, sodass wir alle Hände voll damit zu tun hatten, die Wege freizuräumen und die Scheune abzudichten. Mit Letzterem hatte Lian bereits am ersten Tag gestartet, da ihm die vielen Löcher und Ritzen in dem alten Holzbau aufgefallen waren, durch die der Wind eisig zog.

Als es dämmerte, riefen wir Dasher, Dancer, Vixen, Comet, Cupid, Donner, Blitzen, Rudolph und Sven zusammen. Es war kaum zu glauben, aber bis auf Sven hörten alle auf ihre Namen. Sven brauchte für alles eine Extra-Einladung, war uns in der kurzen Zeit aber auch am zutraulichsten geworden. Gestern hatte ich mich das erste Mal getraut, ihm über seine Nüstern zu streichen. Er schenkte mir darauf einen warmen Blick aus seinen tiefschwarzen Augen und ein kleiner Funken seiner Ruhe sprang augenblicklich auf mich über. Ich hätte niemals gedacht, dass ich ein verrücktes, eigensinniges Rentier mit dem Namen Sven lieb gewinnen würde.

Bevor wir aufgrund des dichten Schneesturms im Schneckentempo zurück ins Tal gefahren waren, hatten wir bei Edward wiederholt nach dem Rechten gesehen und uns bis zum nächsten Tag verabschiedet.

Ich stieg aus der Badewanne, schlüpfte in einen flauschigen Flanell Pyjama und meine dicksten

Kuschelsocken und kuschelte mich erschöpft und mit einem lauten Seufzen in mein Bett. Zwar war ich vom Tag geschlaucht, verspürte dennoch dieses aufgeregte Kribbeln in mir, das ich seit Jahren so vermisst hatte. Erst jetzt fiel mir auf, dass ich seit Tagen nicht mehr an meine Arbeit in der Manhattaner Kreativagentur gedacht hatte. Keinen einzigen Gedanken hatte ich an das verschwendet, das mir die letzten Monate meine Kräfte geraubt hatte. Ich legte mich auf die Seite und bettete meinen Kopf so auf mein Kissen, dass ich vom Bett aus direkt aus dem Fenster den dunklen Wald betrachten konnte, der vom Mondlicht angeschienen wurde. Die Schneeflocken wirbelten noch immer blitzschnell umher und auch wenn ich es liebte, dieses Schauspiel zu beobachten, wünschte ich mir, dass der Schneefall bald stoppte.

Mein Körper fuhr langsam herunter und die geruhsame Welle der Erschöpfung gelangte nach und nach in sämtliche Körperregionen. Es war ein herrliches Gefühl, wenn man einfach mal nichts als Zufriedenheit verspürte und nicht mit Gedanken an die morgige Arbeit ins Bett fiel. Gerade, als ich die Augen schließen wollte, blinkte die Benachrichtigungslampe an meinem Handy auf und von der Ruhe war nichts mehr zu spüren. Sofort sprang mein Puls in die Höhe und ein aufgeregtes Kribbeln schoss bis in meine Fingerspitzen.

Lian: Du hast die Kakaobecher im Auto liegen lassen.

Ich biss mir auf die Unterlippe, grinste breit und setzte mich auf.

Ich: Reine Vorsichtsmaßnahme

Ich hatte die Becher absichtlich in seinem Wagen vergessen, um Mom damit das Zeichen zu geben, dass sie die Aktion von heute Morgen nicht wiederholen sollte. Ihrem Blick nach zu urteilen, als ich ohne die Becher nach Hause kam, hatte ihr das nicht gefallen, dass ihre geliebten Thermobecher nun verschwunden waren.

Lian: Aber nicht sehr durchdacht ;)

Ich stutzte und überlegte fieberhaft, was er damit meinte, als ich sah, dass er wieder tippte.

Lian: Nun werde ich wohl gezwungen sein, dich wieder an der Tür abzuholen, um deiner Mom rechtmäßig ihre Tassen wiedergeben zu können und mich noch einmal für den leckeren Kakao zu bedanken.

Stöhnend warf ich den Kopf in den Nacken und verfluchte ihn still und heimlich.

Ich: Nein! Das wirst du nicht tun!

Lian: hahaha, warum nicht?

Was sollte ich darauf nur erwidern? *Weil ich mich in deiner Gegenwart eh schon wie ein Idiot benahm? Weil meine Mom keine Gelegenheit auslassen würde, mich in Verlegenheit zu bringen? Weil meine Mom irgendeine Zauberkraft besaß, die es ihr ermöglichte, genau zu wissen, wann ich begann, mich zu verlieben? Weil ich genau das nicht zulassen konnte, da mein Leben in New York stattfand und ich genau genommen überhaupt nichts über dich wusste?*

Ich: darum

Lian: Das lasse ich nicht gelten ;)

Ich: Bist du hier der Schiedsrichter, oder was?

Wie gebannt starrte ich auf seinen Namen und das kleine Wörtchen online darunter. Als er tippte, begann es in meinem Magen aufgeregt zu brodeln und ich erwischte mich dabei, wie ich lächelte. Plötzlich hörte er auf zu tippen und auch das Wort online verschwand.

»Nein«, jammerte ich leise. »Komm wieder!« In mir breitete sich Enttäuschung darüber aus, dass er sein Smartphone scheinbar ausgeschaltet hatte. »Gott, komm mal wieder klar, du bist kein Teenie mehr«, tadelte ich mich selbst und warf mein Handy ans Fußende des Bettes.

Ich wusste nicht, wie lange ich es einfach nur in der Hoffnung, er würde noch einmal antworten, angestarrt hatte, als das Display aufleuchtete und einen Anruf ankündigte. Das Herz rutschte mir in die Hose und meine Hände zitterten unkontrolliert vor Aufregung. *Oh mein Gott.*

Kapitel 16

Ruckartig hechtete ich nach vorn, um nach dem Handy zu greifen. Es gelang mir erst beim dritten Mal, den grünen Button zur Anrufannahme nach oben zu wischen, da ich so unkontrolliert zitterte.

»Äh, ja?«, schnaufte ich ins Handy und schlug mir mit der Hand gegen die Stirn. Gott sei Dank sah er mich gegenwärtig nicht.

Ich hörte Lian lachen. »Alles Wut?«

Stöhnend verdrehte ich die Augen. »Du wirst mich das niemals wieder vergessen lassen, oder?«

»Nope. Das war einfach zu ... Wut gewesen.«

Ein Grinsen breitete sich auf meinem Gesicht aus und das aufgeregte Zittern, das Besitz von mir ergriff, verwandelte sich in ein angenehmes Kribbeln.

»Warum rufst du mich an? Doch bestimmt nicht, um nur zu fragen, ob bei mir alles Wut ist?« Ich gab mir alle

Mühe, das Beben in meiner Stimme zu unterdrücken.

»Ich schreibe einfach nicht so gern«, gab er zu und ich konnte genau vor mir sehen, wie er dabei mit den Schultern zuckte.

Ich schluckte einen Kloß in meinem Hals herunter. »Okay.«

»Okay?«, wiederholte er und ich nickte. »Hallo?«

»Oh, äh, ja. Okay«, stammelte ich und verdrehte die Augen über meine eigene Dummheit. Wir telefonierten. Er konnte nicht sehen, dass ich nickte.

Es vergingen ein paar stille Sekunden, in denen mir immer heißer wurde. *Sag doch was!* Wünschte ich mir insgeheim und fummelte nervös am Saum meines Oberteils herum.

»Also, *Genevieve*«, betonte er meinen Namen extra, indem seine Stimme noch tiefer wurde, als sie eh schon war. Sofort zogen sich meine Eingeweide zusammen und mein Herz stolperte über sich selbst. »Da wir wohl noch eine Weile Zeit miteinander verbringen werden, wäre es doch nicht schlecht, wenn du mir etwas von dir erzählst.«

WAS?! Ich riss die Augen auf und ertrug es nicht mehr, in meinem Bett zu sitzen, warf die Decke zurück und sprang auf. »Äh, wie bitte?«

»Das Einzige, das ich von dir weiß, sind dein Name, der Umstand, dass du zu doof bist, im Schnee zu laufen und dass deine Mom dich gern in peinliche Situationen bringt, wie du es nennst.«

Meine eiskalten Finger verkrampften sich um das Handy. »Reicht das nicht erstmal?«

Wieder lachte er. »Mir nicht, nein. Aber Respekt dafür, wie du überspielst, dass du nicht im Schnee laufen kannst.«

»Warum nicht?« Ich biss mir auf die Zunge, um nicht auf die Schnee-Lauf-Anspielung einzugehen.

»Dir das zu verraten, würde mich eventuell in eine peinliche Situation bringen«, raunte er leise ins Handy, was ein Feuer in meinem Unterleib entfachte.

»Okay«, schluckte ich und atmete einmal tief ein und wieder aus. »Du fängst an«, schlug ich vor. »Erzähle mir erst etwas über dich.«

»Ich habe aber zuerst gefragt«, beharrte er friedlich und ich bildete mir ein, ihn lächeln zu hören. »Aber gut, mein kompletter Name ist ebenso wenig Lian, wie deiner Eve ist.«

Ich lachte. »Und wie lautet er dann?« Es vergingen ein paar Sekunden, in denen ich gespannt die Luft anhielt.

»Leopold. Leopold Wright.«

»Hübsch«, grinste ich ironisch und war froh, nicht losgeprustet zu haben. »Aber wie kommt man von Leopold auf Lian?«

»Not macht eben erfinderisch«, argumentierte er bescheiden. »Du bist dran.«

»Okay, lass mich überlegen«, nervös lief ich in meinem Zimmer auf und ab und suchte krampfhaft nach etwas, das ich ihm von mir erzählen konnte. »Ich stehe voll auf Lichterketten.«

»Wow. Also das ist mal eine Info.«

»Du bewertest jetzt nicht wirklich meine Fakten über mich, oder?« In gespielter Empörung zog ich die Augenbrauen hoch, auch wenn er es nicht sah.

»Was machst du beruflich? Du lebst nicht mehr in Sparkle Heights, oder?«, umging er geschickt meine Frage.

»Das waren aber zwei«, erwiderte ich.

»Zwei?«

»Zwei Fragen«, erklärte ich. »Außerdem bist du dran.«

Ich hörte ihn die Luft aus seinen Wangen blasen. »Ich komme aus Boston.«

Boston. In meinem Hirn ratterte es. Er kam aus Boston? Das war ein Katzensprung von New York aus entfernt. Bevor meine Fantasie mit mir durchdrehte, räusperte ich mich. »New York. Ich lebe in New York.«

»Das -« Er stockte und ich wartete gespannt darauf, dass er weitersprach. »Das ist nicht weit entfernt von Boston«, brabbelte er.

»Korrekt«, murmelte ich leise und versuchte, die Nervosität in Schach zu halten. Bildete ich es mir nur ein, oder klang er erfreut?

»Okay, wow«, nuschelte Lian in den Hörer und ich hörte heraus, dass er mindestens so nervös war wie ich.

»Was?« Meine Stimme war piepsig leise.

»Ich -«, setzte er an und stoppte. »Nein, egal.«

Mutig hakte ich nach. »Lian? Was ist *wow*?«

»Als du eben sagtest, du lebst in New York, war ich irgendwie ... erleichtert«, gab er zu und lachte nervös in den Hörer. »Und ich weiß nicht einmal so genau, warum.«

»Hör auf«, murmelte ich verlegen und plötzlich unfassbar traurig.

»Ich soll aufhören?«

»Ja, ich -«, überfordert suchte ich nach den passenden Worten.

»Genevieve?«

»Wir kennen uns doch gar nicht, Lian«, flüsterte ich und kniff die Augen zusammen.

Er atmete hörbar aus. »Genau das versuche ich zum gegenwärtigen Zeitpunkt zu ändern.«

Wieso nur schaffte er es, auf Knopfdruck eine Horde Rentiere in meinem Bauch freizulassen. »Warum?«

»Weil du zu doof bist, im Schnee zu laufen«, erwiderte er leise und mit belegter Stimme. »Und weil du dich den Rentieren ganz selbstverständlich vorgestellt hast, weil du den Müll raus bringst und ohne Aufforderung das Bett von Edward neu beziehst.«

Sprachlos ließ ich mich auf meinen Schreibtischstuhl plumpsen. »Lian, was redest du da?«

»Das weiß ich selbst nicht so genau«, erwiderte er.

Ich ließ meinen Blick aus dem Fenster und über den mondbeschienenen Wald gleiten, ehe ich wieder das

Wort ergriff. »Okay«

»Okay?«, echote Lian.

Ich seufzte. »Was hab ich schon zu verlieren? Los, lernen wir uns kennen.«

Lian lachte leise in den Hörer. »Jetzt?«

Ich stieg in sein Lachen ein. »Wer hat denn hier wen zur Schlafenszeit angerufen?«

»Warst du etwa schon im Bett?«

Ich grinste. »Nein?«

»Doch, warst du. Und bestimmt hast du an mich gedacht, als du versucht hast, einzuschlafen.«

»Da ist aber jemand gar nicht eingebildet«, erwiderte ich frech.

»Stimmt es denn?« Seine tiefe, gedämpfte Stimme ging mir durch Mark und Bein und setzte sich in meinem Unterleib fest.

»Das, lieber Lian, wirst du niemals erfahren«, flüsterte ich in den Hörer und war erneut froh darüber, dass er mich nicht sah.

Kapitel 17

Am nächsten Morgen sprühte ich über vor Energie. Schon bevor mein Wecker klingelte, wachte ich auf und sprang euphorisch aus dem Bett, um zu meinem Fenster herüber zu tapsen und es zu öffnen. Auf flinken Füßen rannte ich zurück zum Bett, um mir die dicken Wollsocken und einen Pullover überzuziehen, ehe ich meinen Schreibtischstuhl vor das Fenster rollte. Mit einem glücklichen Seufzen ließ ich mich auf diesen plumpsen und grinste in mich hinein.

Ich konnte mich nicht erinnern, wann ich das letzte Mal so aufgeregt gewesen war. Als Lian mir gestern beichtete, dass er gern mehr über mich wüsste, erwischte ich mich selbst dabei, wie ich abblockte. Mich verschloss, wie ich es immer tat. Doch während ich gestern, zitternd vor Nervosität, in meinem dunklen Zimmer stand und den Blick auf den verschneiten Nachthimmel richtete, wurde mir etwas klar. Mir wurde bewusst, dass ich schlicht und einfach nichts zu verlieren hatte. Weder arbeitete ich mit Lian zusammen noch hatten wir gemeinsame Freunde oder wohnten gar in der gleichen Stadt. Was war als Folge dessen so falsch daran, jemanden ein kleines Stückchen an sich heranzulassen, der offen zugab, dass er einen kennenlernen wollte?

Mir wurde schon so oft das Herz gebrochen, war das aber Grund genug, niemals wieder jemanden in mein Leben zu lassen? Selbst wenn sich unsere Wege im nächsten Monat trennten, war das kein Grund, nicht das Hier und Jetzt zu genießen.

Ich schloss die Augen und rief mir erneut seine tiefe Stimme ins Gedächtnis, die am Telefon so nah klang, als hätte er mir direkt ins Ohr gehaucht. Dabei sah ich seinen vollen, geschwungenen Mund vor mir, der sich zu einem Lächeln verzog, woraufhin unter seinem Auge wieder dieses Grübchen entstand, das ihn so unwiderstehlich machte. Vielleicht würde ich mich heute einmal trauen, länger als eine Zehntelsekunde in seine dunkelblauen Augen zu schauen.

Als sich die eiskalte Luft durch meinen Pullover zu fressen drohte, schloss ich das Fenster wieder und kletterte voller Tatendrang die Treppe nach unten. Im Erdgeschoss war es noch still, woraus ich schloss, das Mom und Dad schliefen. Bisher hatte ich mich, ganz Morgenmuffel wie ich nun einmal war, immer grummelig an den gedeckten Frühstückstisch gesetzt und meiner Kaffeetasse finstere Blicke zugeworfen. Ich entschied, heute für meine Eltern das Frühstück vorzubereiten, und machte mich daran, eine Rolle Brötchen aufzuschlagen, sie zu schneiden und auf einem Backblech zu verteilen.

»Waffeln«, murmelte ich und verschwand im angrenzenden Vorratsraum, um Eier, Mehl, Zucker und Ahornsirup zu holen. Nachdem ich alle Zutaten zusammengesucht hatte, rührte ich sie in einer Schüssel zusammen und stemmte zufrieden die Hände in die Hüften.

»Oh, verdammt«, fluchte ich, als mein Blick am Ofen hängenblieb, in dem die Brötchen backten. Blitzschnell schoss ich darauf zu, schaltete ihn aus und holte sie heraus, die zwar knusprig waren, die Grenze zu tiefschwarz aber nicht überschritten hatten.

»Waffeleisen«, summte ich und tippte mir gedankenversunken mit dem Zeigefinger gegen den Mund.

»Dort unten«, hörte ich Mom hinter mir kichern und fuhr erschrocken zu ihr herum.

»Erschreck mich doch nicht so«, forderte ich sie auf und versuchte, ihr einen unheilvollen Blick zuzuwerfen, was wohl aber nicht klappte. Nichts und niemand würde mir heute Morgen meine Laune verderben.

»Wer bist du und was hast du mit meiner Tochter angestellt?« Sie grinste und band sich ihren

Morgenmantel enger um die Taille.

Ich spürte, wie mir die Hitze in die Wangen stieg und wandte mich zum Schrank, um das Waffeleisen daraus hervor zu holen.

»Ich setze dann mal den Kaffee auf«, säuselte Mom und gab mir einen Kuss auf die Wange, als sie an mir vorbeilief.

Wenige Minuten später erschien Dad im Türrahmen. »Ich rieche Waffeln«, grummelte er und entlockte Mom und mir ein Lachen.

»Ihr zwei Morgenmuffel seid euch einfach zu ähnlich.« Mom schüttelte den Kopf und zeigte auf Dads Stuhl. »Setz dich, Frühstück ist gleich fertig.«

***

»Mist, Mist, Mist, Mist«, fluchte ich nach dem Duschen in einer Tour, als ich versuchte, mir wieder die Socken und gleichzeitig den dicken Pullover anzuziehen. Gestern noch war es mir egal gewesen, was ich anzog. Und heute Morgen, nachdem Lian und ich gestern mehr oder weniger klargestellt hatten, dass wir uns ... nett ... fanden, gefiel mir kein einziges Kleidungsstück mehr. Der graue Pulli war zu Grau, der schwarze zu Schwarz, der rote zu groß und der gelbe zu eng. Meine Wahl war letzten Endes auf einen hellblauen gefallen, dessen Farbe mich an den zugefrorenen See hinter dem Wald erinnerte. Zusätzlich band ich mir meine

Halskette mit dem Schneeflocken-Anhänger um und schlüpfte in die strapazierfähigste, schwarze Jeans, die ich fand.

Das Chaos vor meinem Kleiderschrank hatte dafür gesorgt, dass ich spät dran war. Denn eines hatte sich trotz unseres Telefonats letzte Nacht nicht geändert: Die Tatsache, dass ich nicht wollte, dass er wieder vor der Haustür stand und somit gefundenes Fressen für Mom wurde. Ich griff nach dem Handy, sprintete, so problemlos dies möglich war, die Treppen herunter und zog mir die dicken Winterboots an, ehe ich nach meiner Jacke griff.

»Mom?«, rief ich laut und wartete.

Ich hörte ihre Schritte in der Küche. »Ja?« Sie steckte den Kopf durch die Tür.

»Wo sind die Einkäufe für Edward?«

Sie zeigte mit dem Finger hinter mich, wo ein Rucksack stand. »Dort drin, ich habe dir alles eingepackt«, lächelte sie.

»Danke, Mom«, erwiderte ich ihr Lächeln und schulterte den Rucksack. »Bis heute Abend.«

»Sei vorsichtig«, bat sie mich, als ich die Tür hinter mir ins Schloss zog.

Als Lian wenige Augenblicke später vorfuhr, um mich einzusammeln, fiel mir sofort sein nachdenklicher Blick auf. Die Alarmglocken in mir läuteten und in meinem Hals bildete sich ein dicker Kloß. Doch als er mich entdeckte, entspannte sich sein Blick und seine

Mundwinkel verzogen sich zu einem Lächeln, von dem ich genau wusste, dass er krampfhaft versuchte, es gering zu halten.

»Guten Morgen«, begrüßte ich ihn, als er seine Autotür öffnete.

»Hey«, lächelte er und biss sich auf die Unterlippe, als er ausstieg, um zum Kofferraum zu schlurfen. »Ich hoffe, du bist warm genug angezogen, der heutige Tag wird eine Herausforderung.«

Ich runzelte die Stirn und folgte ihm, damit ich meinen Rucksack im Auto verstauen konnte. »Warum denn?«

»Schnee«, antwortete er geradewegs und ich bemerkte erst jetzt, wie nah beieinander wir standen.

»Schnee?« Ich zog eine Augenbraue hoch. »Unsere Herausforderung ist Schnee?«

Er nickte. »Jep. Er ist so hoch, dass wir uns vermutlich erst einmal den Weg zur Scheune freischaufeln müssen.«

Ich grinste überlegen. »Du meinst, dass *du* den Schnee wegschaufeln musst?«

Langsam beugte er sich zu mir herunter, sodass sein Gesicht meinem ganz nah war. Sofort stockte mir der Atem, und die Rentiere in meinem Bauch galoppierten umher. »Und wie kommst du darauf, dass ich das allein mache?«, flüsterte er mir ins Ohr, woraufhin sich eine Gänsehaut auf meinem gesamten Körper ausbreitete. Ich spürte seinen Atem an der Stelle unter meinem Ohr und schluckte. Die Art, wie er die Stimme senkte und mir so furchtlos näher kam, kappte erneut die Verbindung vom Gehirn zum Mund.

»Ich koche Edward«, purzelten die Worte aus mir heraus und noch ehe ich realisierte, was ich da soeben gesagt hatte, brach Lian in schallendes Gelächter aus.

Mit hochrotem Kopf stieg ich ins Auto und wich jedem seiner Blicke aus.

»Ich glaube, ich sollte eine Liste deiner Versprecher führen«, neckte er mich und tippte mir beiläufig auf den Oberschenkel, was eine erneute Hitzewelle durch meinen Körper jagte. Man hätte meinen können, dass mich noch nie zuvor ein Mann berührt hatte, so wie ich auf sämtliche seiner Berührungen reagierte.

»Wirklich witzig«, brummte ich bockig und lockerte den Schal um meinen Hals, da ich mich fühlte, wie in der Sauna.

»Ach, komm schon, Eve«, versuchte er, mich aufzumuntern. »Ich finde das echt süß.«

Kapitel 18

»Guten Morgen ihr beiden«, begrüßte uns Edward, der heute schon besser aussah als gestern.

»Hi, Edward«, winkte ich ihm zu und trat ins Haus, wo ich die Schuhe in die Ecke stellte und meine Jacke wie gewohnt an den Haken hängte.

»Hey Edward, nur so als Tipp: Komm Genevieve heute besser nicht zu nahe, das könnte nämlich böse enden«, flüsterte er extra laut, damit auch ich es hörte.

Ich schlug ihn mit meinem Schal, den ich gerade in den Jackenärmel stopfen wollte. »Sehr lustig!«

Lian hob wie zur Ergebung die Hände in die Höhe. »Hey, ich bin es nicht, der Edward kochen möchte.«

»Was?«, schaltete sich dieser schmunzelnd dazwischen.

Ich stöhnte und verdrehte die Augen. »Hör nicht auf Lian, der ist heute ganz besonders lustig. Ich werde dich nicht kochen, sondern *für* dich kochen«, berichtigte ich meine vorherigen Worte und blitzte Lian düster an. »Und du gehst besser Schnee schaufeln.«

»Aye, aye Käpt'n«, grinste er nur und strich mir versöhnend über den Unterarm. Edward drehte unterdessen um und humpelte zurück in die Küche.

Als ich ihm daraufhin ins Gesicht sah, biss er sich auf die Unterlippe, zwinkerte mir zu und fuhr sich nervös durch seine dunkelblonden Haare. Dabei wurde meine Kehle ganz trocken, mein Herz schlug einen Takt schneller und mir wurde augenblicklich so heiß, dass ich drohte, zu einer Pfütze zu verschmelzen.

»Lass das, das ist nicht fair«, flüsterte ich ihm lächelnd zu.

Er stutzte und vergewisserte sich, dass Edward schon durch die Schwingtür gegangen war. »Was meinst du?«

»Das weißt du genau«, murmelte ich verlegen und starrte auf meine Schuhspitzen.

Er knuffte mich gegen den Oberarm. »Hey, nein, was meinst du?«

Ich biss mir von innen auf die Wange und spürte, wie meine Ohren glühten. »Du machst mich nervös und nutzt das schamlos aus«, gab ich kleinlaut zu.

Anders als erwartet verneinte er es nicht, sondern kam einen Schritt auf mich zu. Seine Füße erschienen in meinem Blickfeld und ich ließ den Blick seine Beine hinauf, über den Bauch, die Brust und schlussendlich zu seinem Gesicht wandern. Erst, als ich ihm in die Augen sah, räusperte er sich, hob langsam die Hand an und strich mir eine Haarsträhne hinter das Ohr. »Genevieve, du glaubst nicht, wie nervös *ich* bin«, verriet er mir leise, drehte sich um und verließ das Haus.

Bewegungsunfähig stand ich dort im Flur, den Blick auf die geschlossene Tür gerichtet und versuchte, meinen Atem zu regulieren.

***

Während ich in Gedanken versunken am Küchenfenster stand und den Blick über die schneebedeckten Bergspitzen gleiten ließ, saß Edward hinter mir an seinem Küchentisch und schnippelte Gemüse. *Ich bin doch kein Invalide!* Hatte er mir augenzwinkernd zugesichert, als ich ihn wieder ins Bett geschickt hatte. Zwar sah er heute schon besser aus als gestern, aber ich wollte nicht riskieren, dass ihn seine Erkältung womöglich wieder einholte.

Andererseits wollte ich es mir auch nicht mit ihm verscherzen und so überließ ich ihm sämtliche Aufgaben, die er im Sitzen erledigen konnte.

»Warum heute so träumerisch, Mädchen?« Edwards kratzige, alte Stimme holte mich ins Hier und Jetzt zurück und ich drehte mich zu ihm um.

»Ach, es ist gar nichts«, nuschelte ich, schüttelte den Kopf und setzte mich ihm gegenüber.

Er taxierte mich mit festem Blick und ich sah seinen Mundwinkel zucken. »Zwar rede ich mehr mit meinen

Rentieren als mit Menschen, aber auf den Kopf gefallen, bin ich dennoch nicht.«

Er entlockte mir ein Lächeln. »Ich bin ... durch den Wind«, gab ich zu und seufzte.

»Warum?« Er legte das Messer zur Seite und ließ sich langsam gegen die Stuhllehne sinken.

Ich zuckte mit den Schultern und wich seinem Blick aus. »Keine Ahnung.«

»Du hast gelächelt, Genevieve.«

Verwundert legte ich den Kopf schief. »Wie meinst du das?«

»Du hast aus dem Fenster geschaut und dabei gelächelt.«

»Kann sein«, murmelte ich ertappt.

»Ich bin dieser Tage vielleicht nicht gut zu Fuß, aber blind oder schwer von Begriff bin ich noch lange nicht«, erwiderte er zufrieden. »Du trägst deine Gefühle im Gesicht, Eve«, erklärte er mir und in meinem Magen rollte eine Schneelawine los.

»Wie meinst du das?« Es war mir unangenehm, dass sogar Edward mich lesen konnte. Bisher hatte ich das immer für eine Superkraft meiner Mom gehalten. Wie es schien, hatte ich meine Gesichtszüge aber einfach nur nicht unter Kontrolle.

»Ich kenne Lian nicht«, räusperte Edward sich, »aber ich halte ihn für vernünftig.«

Nervös strich ich mir die Haare hinter die Ohren. »Meinst du?«

Er grinste wissend. »Er lächelt oft, wenn er dich anschaut und du es nicht mitbekommst«, verriet Edward mir im Flüsterton.

»Er ... wirklich?« Erneut stieg die Hitze in mir hoch und ich spürte, wie meine Wangen glühten.

Nickend zog er beide Augenbrauen hoch. »Wirklich. Und zwar seit eurem ersten Tag hier.«

Diese Information musste ich erst einmal verdauen. Lian hatte es eindeutig besser drauf, seine Gefühle hinter einem Pokerface zu verstecken. Mein Blick glitt zur Wanduhr und erschrocken sprang ich auf. »Oh nein«, rief ich aus. »Ich habe die Zeit total vergessen. Ich sollte Lian langsam mal helfen.«

Gerade, als ich gehen wollte, fiel mein Blick auf die Zutaten, die fein alle säuberlich geschnitten auf dem Tisch in Schälchen darauf warteten, gekocht zu werden.

»Geh nur«, winkte Edward ab, doch ich schüttelte den Kopf.

»Ich bin in einer Stunde wieder da und bereite dann das Abendessen vor«, überlegte ich laut. »Lian und ich werden heute mit dir zusammen essen«, bestimmte ich und stemmte die Hände in die Hüften. »Wehe du stellst dich an den Herd.«

»Du lässt mich ganz schön unnütz fühlen, Genevieve«, stöhnte er.

Ich verdrehte lächelnd die Augen, tapste zu ihm und legte ihm meine Hand auf den Oberarm. »Du bist nicht unnütz, sondern verletzt. Das sind zwei komplett verschiedene Paar Schuhe, Edward.«

»Du hast so viel von deinem Großvater, Liebes«, murmelte er und wandte blitzschnell den Kopf ab, als ich sah, dass sich Tränen in seinen Augenwinkeln sammelten.

Ich schluckte den plötzlichen Kloß in meinem Hals herunter und entschied, nicht weiter darauf einzugehen. »Danke«, hauchte ich nur, drehte mich um und verschwand geschwind im Flur.

Wer hätte vor einer Woche gedacht, dass mich der jährliche Weihnachtsurlaub in Sparkle Heights in diesem Jahr emotional so dermaßen fordern würde?

Kapitel 19

»Halbzeit!«

Verdutzt starrte Lian mich aus seinem Range Rover heraus an. »Wie bitte?«

»Heute ist Halbzeit«, wiederholte ich grinsend und hielt zwei mit Kakao gefüllte Thermobecher in die Höhe. Als sich sein Blick auch in den nächsten Sekunden nicht von verwirrt zu wissend änderte, stöhnte ich auf und verdrehte die Augen. »Heute vor zwölf Tagen sind wir das erste Mal zu Edward und den Rentieren gefahren und exakt in zwölf Tagen ist Heiligabend«, erklärte ich, enttäuscht darüber, dass er es nicht selbst gecheckt hatte. »Zur Feier des Tages habe ich heiße Schokolade gekocht. Mir kommt es schon wie eine Ewigkeit vor«, plapperte ich weiter und wurde mit jedem Wort nervöser, da er mich *sehr, sehr* seltsam angrinste.

»Oh ja, eine Ewigkeit, stimmt«, pflichtete er mir bei, öffnete seine Autotür und stieg aus.

»Äh, was tust du da? Ich kann auch schon ganz allein einsteigen«, versicherte ich ihm und wollte eben um das Auto herumlaufen, als er mich sanft am Ellenbogen zurückhielt.

»Eve?« Er zog mich nah an sich heran und ich schluckte.

»Hm?« Die letzten Tage war das Verlangen in mir immer größer geworden, ihm nahe sein zu wollen. Wann immer es möglich war, berührten wir uns gegenseitig und taten so, als hätten wir es nicht bemerkt.

Er senkte den Kopf zu mir herunter und aufgeregte Panik breitete sich in meinem Innersten aus. Er würde doch nicht ... nein. So unsensibel wäre er nicht, dass er mich so ohne Vorwarnung küsste. Vor meinem Elternhaus. Wo Mom garantiert hinter der Gardine hervorlugte und mitfieberte, als wäre dies hier ein Basketballspiel der Sparkle High.

»Meinst du nicht«, wisperte er und seine Lippen wanderten sanft über meine Wange zu meinem Ohr, was mir eine Gänsehaut über den Körper jagte, »dass heute der perfekte Tag für unser erstes Date ist?« Seine raue Stimme feuerte den Ofen in meinem Unterleib an und alles, was ich zustande brachte, war ein Nicken.

»B-b-bestimmt«, stotterte ich nervös. Ein Grinsen breitete sich auf seinem Gesicht aus und er nahm mir einen Kakaobecher aus der Hand.

»Atme, Genevieve«, bat er mich, lief um das Auto herum und hielt mir die Beifahrertür auf.

»Nicht fair«, murmelte ich, als ich einstieg und erntete dafür ein lautes Lachen, als er die Tür zuschlug.

Als er den Motor anließ, hatte sich mein Herzschlag minimal beruhigt und ich atmete angestrengt die Luft aus.

»Du machst mich fertig, Eve«, lachte er und lenkte den Wagen zurück auf die Straße.

»Ich? *Ich* mache *dich* fertig?« Ungläubig schnaubte ich. »Du bist hier derjenige welche, der -« Ich stockte.

»Derjenige welche, der was?«

Verdammt. Nie ließ er mich einfach so von der Angel.

»Trink deinen Kakao«, wich ich ihm aus und nahm einen Schluck aus meinem Becher.

Er tat es mir gleich und räusperte sich. »Also, ich dachte mir, wir gehen heute Abend auf den Weihnachtsmarkt?«

Ich zog eine Augenbraue hoch. »Du *dachtest* dir?«, wiederholte ich grinsend. »Hattest du etwa geplant, mich nach einem Date zu fragen?«

Er lächelte und ich entdeckte wieder das Grübchen unter seinem Auge. »Das würde ich zumindest nicht ausschließen.«

»Okay. Weihnachtsmarkt«, willigte ich ein und nippte erneut an der heißen Schokolade. Die Schmetterlinge in meinem Bauch flatterten wie wild umher und es fiel mir schwer, meine Freude im Zaum zu halten.

»Genau«, nickte Lian. »Wir schlendern über den Weihnachtsmarkt und dann gehen wir zu mir und ich koche für uns.«

Während er das sagte, schoss mir sämtliche Hitze ins Gesicht und meine Eingeweide zogen sich schmerzhaft zusammen. Mein Kopfkino lief auf Hochtouren und auch wenn ich nicht einmal wusste wo, geschweige denn wie er lebte, sah ich uns schon ineinander verknotet auf seinem Sofa liegen. *Oh Himmel.*

»Eve?« Nervös lachte er und warf mir einen kurzen Blick zu. Er erwartete logischerweise eine Antwort von mir, ich war manchmal so dumm wie Brot.

»J-ja, okay.« Meine Aufregung sorgte wieder einmal dafür, dass ich nicht fähig war, vollständige Sätze zu bilden.

Er stieß die Luft aus seinen Wangen und wenn ich mich nicht täuschte, ließ er sogar erleichtert die Schultern sinken. War er ebenfalls aufgeregt? Hatte er etwa die Befürchtung gehabt, ich würde ablehnen? Warum nur war ich immer davon ausgegangen, dass ich die Einzige war, die Angst davor hatte, zurückgewiesen zu werden? Genau genommen war es jedes Mal Lian gewesen, der für unsere Berührungen gesorgt hatte. Zwar hatte ich ihn niemals weggestoßen, doch war bisher nichts von mir ausgegangen. Schlicht und einfach, weil ich mich nicht getraut hatte.

»Wie bescheuert«, nuschelte ich mir selbst zu.

»Hm? Hast du was gesagt?«, fragte er, ohne den Blick

von der schneebedeckten Straße zu nehmen.

»Nein, nein«, log ich, schluckte den Kloß in meinem Hals herunter und sammelte allen Mut zusammen, um endlich auch einen Schritt auf ihn zuzugehen. »Ich freue mich auf unser Date«, gab ich leise zu und verkrampfte die Finger um meinen Becher, damit er nicht sah, wie intensiv ich zitterte.

Ein leises Lachen drang aus seiner Kehle, das wie Musik in meinen Ohren klang. »Da habe ich ja Glück gehabt. Sobald wir bei Edward fertig sind, setze ich dich Zuhause ab und hole dich eine Stunde später wieder ab«, erklärte er mir.

»Hast du den Abend etwa schon durchgeplant?«, witzelte ich und spürte, wie die Nervosität langsam zurückwich.

»Na klar«, gab er zu. »Immerhin ist heute doch schon Halbzeit«, lächelte er, nahm eine Hand vom Lenkrad und knuffte mir gegen den Oberschenkel.

Ich wusste nicht, welche Synapsen in meinem Gehirn für diesen Kurzschluss sorgten, doch ließ ich eine Hand von dem Becher ab, um nach seiner zu greifen, als er sie wieder von meinem Bein nahm. Ich umschloss seine Hand und bei der Berührung seiner Haut fühlte es sich an, als fuhren Millionen von kleinen Nadelstichen über meine Haut. Er hielt in der Bewegung inne und ich sah an seinem Adamsapfel, dass er schluckte. Er sah für eine Sekunde nach rechts und lächelte vorsichtig, als sich unsere Blicke trafen.

Er entspannte die Muskeln und legte seine Hand letztlich auf meinem Oberschenkel ab, bis wir beim alten Schild ankamen, das zur *Penfold Rentierfarm* verwies, und er beide Hände fürs Autofahren benötigte. Mein Herz stolperte über sich selbst und ich schüttelte ungläubig den Kopf. Ungläubig, aber bis zu beiden Ohren voller Vorfreude.

Kapitel 20

Ich hatte keine vernünftige Kleidung eingepackt, als ich meine Brooklyner Wohnung in Richtung Sparkle Heights verlassen hatte.

Alles, was meinen Kleiderschrank zierte, waren Wollpullover in allen möglichen Farben sowie dicke Socken, Jeans und gespenstisch sexy Thermostrumpfhosen. Sollte unser Date vielversprechend laufen, würde spätestens Schluss sein, wenn er den ausgewaschenen und ausgeleierten, eierschalenfarbenen BH oder meine Snoopy-Schlüppi sah.

Und ich könnte ihm das nicht einmal verübeln. Wie hoch war die Chance, dass in Lian ein ultimativer Peanuts-Fan steckte? Bisher hatte er mich doch auch immer wieder überrascht.

Ich stand in Unterhose und Socken bekleidet vor

dem Kleiderschrankspiegel und wünschte mir, dass Cinderellas gute Fee heute Zeit für mich hätte. In Windeseile hatte ich mich geduscht und der Blick auf meine Armbanduhr feuerte die Aufregung in mir nur an. In einer halben Stunde holte Lian mich ab und ich konnte wohl kaum im Evaskostüm durch den Schnee hüpfen und Glühwein trinken.

Ein zaghaftes Klopfen an meine geschlossene Falltür jagte mir einen Schrecken ein und ich schrie kurz auf.

»Genevieve?«, hörte ich Moms Stimme dumpf zu mir dringen. »Alles okay?«

»Ja, ja«, rief ich mit unnatürlich hoher Stimme.

»Hört sich nicht so an«, antwortete sie laut.

Ich seufzte und ließ mich auf mein Bett sinken, griff nach meinem Kissen und hielt es mir vor den Oberkörper. »Komm rein, Mom.«

Ich beobachtete, wie sich die Holztür vom Boden abhob und erst Moms Hand und schließlich ihr Kopf in meinem Blickfeld erschien. Sie runzelte die Stirn und verkniff sich gleichzeitig ein Lachen, als sie mich entdeckte. »Was wird denn das?«

Stöhnend ließ ich mich nach hinten fallen, das Kissen weiterhin fest umklammert. »Ich gehe gleich mit Lian auf den Weihnachtsmarkt«, nuschelte ich verlegen, »und habe nichts als Snoopy am Körper.«

»Sei froh, dass ich nicht Dad bin«, grinste sie. »Wenn es nach ihm gehen würde, wärst du noch fünf Jahre alt und wüsstest nicht, wie ein Baby entsteht.«

»Mom«, donnerte ich und riss entrüstet die Augen auf. »Ich werde mit dir garantiert nicht *darüber* reden!«

»Na komm, beweg dich«, wich sie kichernd aus, griff nach meinen Handgelenken und zog mich nach oben. »In deiner Kommode dort hinten dürfte noch ein schwarzer BH von dir sein, den hattest du das letzte Mal vergessen.« Sie lief zur Kommode und fischte, man glaubt es kaum, einen schlichten, schwarzen BH daraus hervor. Sie hielt ihn an ihrem Zeigefinger baumelnd in die Luft und biss sich grinsend auf die Unterlippe. »Gegen Snoopy kann ich allerdings nichts ausrichten.«

Ich stand auf, um zu ihr zu laufen und ihr meine Unterwäsche aus der Hand zu nehmen. »Snoopy wird heute garantiert dort bleiben, wo er ist.«

»Sicher«, nickte Mom grinsend.

»Lass das jetzt sein«, forderte ich lachend.

»Was ich eigentlich wollte«, fisperte sie, während sie in meinem Kleiderschrank die Pullover hin und her schob, »heute hat ein *Dave Irgendwas* angerufen und wollte dich sprechen.«

Augenblicklich lief es mir eiskalt den Rücken herunter. »Was? Warum? Was wollte er?«

»Er hat von einer Kampagne gefaselt, aber die Verbindung war nicht so gut, du weißt ja, der ganze Schnee hier kappt gern mal die Telefonleitung«, plapperte Mom weiter, hielt jedoch inne, als ihr Blick mich traf. »Ist alles in Ordnung mit dir?«

Ich schluckte den dicken Kloß herunter, der sich in

meinem Hals gebildet hatte und nickte langsam. »Ja, Dave ist mein Teamleiter.«

»Du hast Urlaub«, erwiderte Mom vorwurfsvoll.

»Das weiß ich, Mom«, antwortete ich genervt. Ich hatte wirklich keine Lust, dieses Gespräch mit ihr zu führen. Es wäre nicht das erste Mal, dass wir uns wegen meines Jobs in die Haare bekämen.

Sie schnalzte mit der Zunge und stemmte ihre Hände in die Hüften. »Das sollte dieser Dave aber auch wissen und akzeptieren.«

»So einfach ist das nicht, Mom«, stöhnte ich, während ich mir den BH anzog und im Anschluss zu meinem Rucksack lief, um mein Notebook daraus hervor zu holen. »Er würde garantiert nicht anrufen, wenn es nicht wirklich wichtig wäre«, erklärte ich betrüblich, während mein Laptop hochfuhr.

»Doch«, donnerte Mom und in ihrem Gesicht war kein Funken eines Lächelns mehr zu sehen. »Urlaub ist zur Erholung da. Punkt. Aus. Ende.«

Ich zuckte mit den Schultern und drehte ihr den Rücken zu, um das WLAN einzuschalten, und mich in mein Mail-Programm einzuloggen. Ich hörte Mom hinter mir rascheln, widerstand aber der Versuchung, mich zu ihr umzudrehen. Als ich mich durch die ersten Mails gescrollt hatte, hörte ich das Knallen sich abrupt schließender Schranktüren und zuckte zusammen.

»Hier«, donnerte Mom verletzt und zeigte auf mein Bett, auf dem ein schlichtes Top und mein knallroter

Pullover lagen. Daneben eine Blue Jeans und mein Set aus weißem Schal, Bommelmütze und Handschuhe. »Ich hänge dir meinen langen, beigefarbenen Wollmantel in den Flur«, erklärte sie mir tonlos und wandte sich zum Gehen.

»Danke«, murmelte ich leise und versuchte, das immer größer werdende, schlechte Gewissen zu ignorieren.

Mom atmete entwaffnend aus und drehte sich noch einmal zu mir um. »Ich wünsche euch viel Spaß heute Abend, Eve.«

Dass sie meinen selbst auferlegten Spitznamen extra betonte, fühlte sich an wie ein Messerstich mitten in den Magen. Verletzte es sie ernsthaft so furchtbar, dass ich nicht zu meinem vollen Namen stand? Zu dem Namen, den sie und Dad wohlüberlegt ausgesucht hatten, wie sie mir schon so oft hatte beibringen wollen?

Ich zog mir fix die Kleidung an und checkte die Uhrzeit. Mir blieb eine Viertelstunde, um herauszufinden, was Dave von mir wollte, demnach scrollte ich weiter durch all die Mails, die ich erst im nächsten Jahr abarbeiten würde und blieb an einer hängen, die als besonders wichtig gekennzeichnet wurde. Sofort klickte ich den Betreff XMAS Special Campaign XOXO NYC an, damit sich der Text dazu öffnete.

Hallo Eve,
ich leite dir mal die Mail vom Kunden weiter, sie wollen

u.a. sämtliche Formate abgeändert haben und schicken hier und da ein paar Änderungswünsche. Es wäre super, wenn du mir das bis 10.12. schicken könntest. Viel Spaß in deinem Kuhdorf und bis bald.

Grüße
Dave

PS: Ich hab einen dicken Fisch an der Angel, im Januar wird es richtig rundgehen!

Mein Blick heftete sich auf den 10.12. - das war vor zwei Tagen gewesen. Sofort überkam mich eine Übelkeit und ich hielt mir eine Faust vor den Mund. Wut und Angst übernahmen gleichermaßen Besitz von mir. Wut, weil Dave doch wahrhaftig die Dreistigkeit besaß, mir während meines einzigen Urlaubs im Jahr Aufträge zu schicken. Und Angst, weil ich eben diese Aufgabe nicht erledigt hatte. Was, wenn er heute angerufen hatte, um mich zu kündigen? Ich konnte mir nicht einmal erklären, woher er die Telefonnummer meiner Eltern hatte. Vermutlich hatte seine Assistenz Sandy-Melinda diese aufgetrieben - sie erledigte glatt alles für ihn.

Mit zittrigen Händen griff ich nach dem Smartphone, entsperrte es und wählte Dave in meiner Anruferliste aus. Schon nach dem zweiten Klingeln hörte ich seine selbstgefällige Stimme in meinem Ohr. »Eve, Hallo, na endlich. Hast du es fertig?«

Perplex schüttelte ich den Kopf und räusperte mich. »Hi Dave, äh nein. Ich ... bin im Urlaub.«

»Ja, ja, ich weiß«, erwiderte er ungeduldig. »Du wirst doch wohl die paar Minuten haben, oder? Der Kunde braucht die Änderungen wirklich ASAP, sagen wir bis –«

»– nein«, hörte ich plötzlich meine eigene Stimme, die ihn in seinem Redeschwall unterbrach.

»Nein?«, wiederholte er und fing an zu lachen. »Das war kein Scherz, Eve. Ich brauche das.«

»Ich. Bin. Im. Urlaub«, betonte ich jedes Wort einzeln und wusste nicht, woher ich diesen plötzlichen Mut nahm. »Und ich habe jetzt keine Zeit dafür«, ergänzte ich schnell.

»Und wer soll das dann bitte sonst machen?« Er erhob die Stimme und ich konnte genau vor mir sehen, wie die Ader an seiner Stirn anschwoll und er mich durch seine eiskalten, hellblauen Augen anstierte.

»Es tut mir wirklich leid, Dave«, erwiderte ich mit seelenruhiger Stimme und strengte mich unsagbar an, dass diese nicht zitterte. »Aber ich kann nichts dafür, dass sie diese ganzen Änderungen eingereicht haben. Ich hatte sämtliche Grafiken nach ihren Wünschen gestaltet und sie hatten diese bereits alle vor meinem Urlaub abgenommen. Alle, Dave!«

Er stieß angestrengt die Luft aus und mit jeder stillen Sekunde, die verstrich, wurde mir unwohler. »Okay«, murmelte er nur kalt.

Mir fiel beinahe das Handy aus der Hand. *Okay?* Ein *Okay* von Dave Stephens war nichts Gutes. »Okay«, wiederholte ich kaum vernehmbar.

»Dann reden wir wohl darüber, wenn du wieder im Office bist.« Er legte ohne eine Verabschiedung auf. Die Warnung in seiner Stimme war nicht zu überhören gewesen und ich musste mich am Schreibtisch festhalten, um nicht den Halt zu verlieren. Ein Schwindel überkam mich und ich ballte meine zitternden, eiskalten Hände zu Fäusten.

»Scheiße«, murmelte ich. Ich hatte soeben einen riesigen Fehler begangen, der mir alles nehmen konnte, wofür ich seit Jahren hart gearbeitet hatte.

Kapitel 21

Gerade noch rechtzeitig erreichte ich den unteren Treppenabsatz und riss die Haustür auf, bevor Lians Finger die Klingel berührte.

»Wow«, lachte er erschrocken und hob beide Hände auf Kopfhöhe. »Ist es etwa verboten zu klingeln?«

»Ja«, erwiderte ich schulterzuckend. »Lass uns gehen.« Ich griff nach Moms Mantel und quetschte mich an Lian vorbei, der mitten in der Tür stand. Als ich bemerkte, dass er mir nicht auf dem Fuße folgte, hielt ich inne und drehte mich um. »Kommst du?«

Lian zeigte mit der Hand auf die Haustür. »Ist ... das nicht unhöflich?«

»Nicht unhöflicher als die Tatsache, dass Mom und Dad am Wohnzimmerfenster kleben, wie Dudley im Terrarium«, erwiderte ich augenrollend und nickte in die Richtung des Fensters.

Lian schloss die Haustür, entfernte sich einen Schritt vom Haus und warf einen Blick zu Mom und Dad, die blitzschnell zurückwichen. »Ich mag deine Eltern«, grinste er. »Sie scheinen genau so einen Knall zu haben wie du.«

In gespielter Empörung riss ich den Mund auf. »Das will ich jetzt aber überhört haben.«

Er schüttelte den Kopf und schenkte mir ein Lächeln, als er zu mir aufschloss. »Ich wiederhole es gern immer wieder, du Knalltüte«, nuschelte er an mein Ohr.

Da war sie wieder, die kribbelige Hitzewelle, die in Sekundenschnelle Besitz von jedem Zentimeter meines Körpers ergriff. »Okay«, murmelte ich und war froh über die dicken Handschuhe, in denen Lian nicht sah, wie heftig ich vor Nervosität zitterte.

»Du kennst dich hier am besten aus«, erklärte Lian, als wir den geschmückten Vorgarten meiner Eltern verlassen hatten und vor dem Tor standen. »Wo geht es lang zum Weihnachtsmarkt?«

Ich zog eine Augenbraue hoch und war froh, dass er einen Schritt entfernt stand. Das machte es mir möglich, halbwegs klar zu denken. »Dort hinter der Versammlungshalle«, informierte ich ihn und hob den Arm, um in die Richtung zu zeigen.

»Dann mal los«, grinste er und hielt mir seinen Arm hin, damit ich einhaken konnte.

Ihn zu berühren, auch wenn zwischen uns mehrere Schichten Kleidung lagen, ließ mein Herz aus dem Takt klopfen und die Rentiere in meinem Bauch Wettläufe ausfechten. Über meinen gesamten Körper legte sich eine Gänsehaut, die in meinem Nacken kribbelte wie Brausepulver im Mund.

Schnell pendelten wir unsere Geschwindigkeit ein und das Geräusch des knirschenden Schnees unter unseren Schuhsohlen hatte eine beruhigende Wirkung auf mich. Dennoch fiel es mir schwer, nicht an das Telefonat mit Dave zu denken. Ich hatte mir selbst geschworen, heute Abend keinen Gedanken daran zu verschwenden, und doch bildete sich in meinem Magen dieser große, belastende Stein, der den Rentieren in meinem Bauch die Beine brach.

Noch kein einziges Mal zuvor hatte ich widersprochen. Niemals war mir eine Ablehnung oder nur ein kleines *Nein* über die Lippen gekommen. In New York, in dieser Branche, konnte man binnen eines Fingerschnipsens ausgetauscht werden. Es gab talentierte Designer wie Sand am Meer. Dieses winzig kleine Wort war so mächtig, ein ganzes Leben zu zerstören. Was sollte ich auch unternehmen? Wie oft hatte ich mir vorgestellt, wie es wäre, mein eigener Boss zu sein. Dinge zu gestalten wie ich es wollte, meine eigenen Kunden zu gewinnen, indem ich meine Emotionen für sie sichtbar machte. Ich lebte in der Stadt, in der alles möglich war. Alles, und wiederum nichts. Schneller als man es schaffen konnte, fiel man. Man fiel immer wieder, bis man es endlich doch schaffte aufzustehen. Oder für immer liegen blieb.

»Genevieve?« Lian stupste mir mit dem Ellenbogen vorsichtig in die Taille. »Hast du gehört?«

Ich zwinkerte und schüttelte kaum merklich den Kopf. Verdammt, ich war so in Gedanken versunken, dass ich ihn komplett ausgeblendet hatte. »Ja, ich meine nein, sorry«, murmelte ich verlegen und strich mir eine Haarsträhne zurück unter die Mütze.

»Alles okay?« Er blieb stehen und zwang mich dadurch ebenfalls, anzuhalten. Ohne meinen Arm freizugeben, stellte er sich vor mich und sah auf mich herab.

»Du bist ganz schön groß«, lenkte ich vom Thema ab und versuchte mich an einem Lächeln.

Er zwinkerte mir zu. »Ist das ein Kompliment?«

Schüchtern lächelte ich. »Könnte sein?«

Ohne Vorwarnung setzte er sich wieder in Bewegung und zog mich hinter sich her. »Komm, ich kaufe dir jetzt einen Glühwein.«

Ich musste rennen und stolperte dabei über meine eigenen Füße. »Warum?«

»Das hält ja niemand aus«, lachte er, hakte sich aus und griff wie selbstverständlich nach meiner Hand.

»W-w-was?« Das Gefühl, Hand in Hand mit Lian Wright durch Sparkle Heights zu rennen, lahmte meine Zunge und machte es mir wieder einmal schwer, zu sprechen.

»Die letzten Tage haben mir gezeigt, dass du Zeit brauchst, um aufzutauen. Vielleicht hilft dir heute ja ein Kinderpunsch dabei«, grinste er.

»Wenn er mit Schuss ist vielleicht«, nuschelte ich so leise, dass er es nicht hörte.

»Was?« Er drehte mir sein Gesicht zu und beim Blick in seine Augen begannen meine Knie zu zittern wie Wackelpudding auf einem Trampolin.

»Nichts, nichts«, lächelte ich, »immer her mit dem Punsch.«

Wenige Minuten später hatten wir den traditionellen Sparkles Weihnachtsmarkt erreicht und uns zur Glühweinbude durchgedrängelt.

»Eigentlich schade, dass der Weihnachtsmarkt immer nur für fünf Tage ist«, seufzte ich und ließ meinen Blick über die Buden streifen. Jede Einzelne war prachtvoll und kitschig geschmückt, was den entscheidenden Charme ausmachte. Noch nie hatte ich einen schöneren Ort zur Weihnachtszeit gesehen und das wehmütige Kribbeln in meinem Bauch fing wieder an. Es waren Momente wie dieser, die mir zeigten, wie sehr ich all dies vermisste. Als Teenager wollte ich nur weg, hatte das Kleinstadtleben satt, wo jeder jeden kannte. Jetzt, in der Stadt der größten Anonymität, sehnte ich mich danach, wieder dazu zu gehören. Ich sehnte mich danach, auf der Straße begrüßt zu werden, gemütlich einen Gehweg entlang zu schlendern, ohne angerempelt zu werden und wieder die Schönheit in den kleinsten Dingen zu finden.

Mein Blick glitt über all die weihnachtlichen

Budendächer und -fenster, die mit Lichterketten, Tannengirlanden, Zuckerstangen und Mistelzweigen geschmückt waren. Über die Bude von Mr. und Mrs. Willows, die selbstgeschnitzten Baumschmuck, Teelichthalter und kleine Pyramiden verkauften und jedem Kind einen simplen Baumanhänger schenkten. Das hatten sie schon getan, als ich selbst klein war. Hier in Sparkle Heights war zu Weihnachten die Zeit stehen geblieben.

»Lian, Eve«, hörte ich plötzlich eine bekannte Stimme unsere Namen rufen. Anders, als ich es erwartet hatte, ließ Lian meine Hand nicht los, als Elaine auf uns zu kam.

»Hi, Elaine«, begrüßte ich sie zurückhaltend. Ihr Blick blieb einen Augenblick zu lang an Lians und meiner Hand hängen. Als sie aufblickte, schaute sie erst mir, dann ihm in die Augen und ich erkannte Freude darin.

Sie strahlte uns an. »Ich wusste gar nicht, dass ihr beiden ...«

»Oh, nein, nein«, stammelte ich und spürte schon wieder die Hitze in meine Wangen schießen. »Wir, also, das heute -«

»- wir haben ein Date«, sprang Lian mit fester Stimme ein und drückte meine Hand. »Unser erstes Date, Tante Elaine.«

Es dauerte ein paar Sekunden, bis Elaine den Sinn hinter seinen Worten verstand und wedelte mit den

Händen durch die Luft. »Ich äh, ich möchte euch gar nicht weiter stören. Habt einen *ganz wunderbaren* Abend, ihr zwei Hübschen.«

»Danke«, sagte ich verlegen und biss mir von innen auf die Wange.

Lian beugte sich zu mir herunter. »Hey, lass locker oder ich muss meine Hand amputieren«, flüsterte er mir ins Ohr und lächelte mich an.

Ruckartig entkrampfte ich meine Hand um seine. Mir war gar nicht aufgefallen, wie angespannt ich war. »Oh, ups, sorry«, entschuldigte ich mich schulterzuckend.

»Welcher der Stände ist dein Lieblingsstand?«, wollte Lian plötzlich von mir wissen und ich stutzte.

Mir gerunzelter Stirn hob ich den Kopf, sodass ich ihm direkt in die Augen schaute. »Ich liebe die Holzarbeiten«, erwiderte ich und zeigte zu Mrs. Willows, die just in diesem Moment einem Kind einen Anhänger über die Theke reichte.

»Okay.« Sein Mund verzog sich zu einem geheimnistuerischen Lächeln.

Ich stupste ihm mit meinem Ellenbogen in die Seite. »Warum fragst du?«

»Nur so«, zwinkerte er mir zu.

Als ich dazu ansetzte, etwas zu erwidern, waren wir an der Reihe und Lian bestellte zwei Heidelbeer-Glühweine, von denen er mir einen direkt in die Hand drückte.

»Danke, Lian.« Endlich war meine Stimme fest. Es

waren zwar nur zwei Worte gewesen, doch waren es die ersten heute, die ich ohne zu zittern zustande gebracht hatte.

»Gern, Genevieve«, lächelte er, legte seinen Arm von hinten an meine Taille und schob mich sanft zurück auf den Weg. Die Haut an dieser Stelle glühte und ich war froh, das Glas in meinen beiden Händen zu halten.

Kapitel 22

»Okay, das ist echt seltsam«, kicherte ich, als Lian seinen Schlüssel in die Haustür steckte.

»Ist es gar nicht«, antwortete er lachend und warf mir einen verlegenen Blick zu.

»Doch, ist es«, widersprach ich ihm. »Ich bin noch nie im Haus der Bürgermeisterin gewesen. Und Elaine ist mit meiner Mom seit der Schulzeit befreundet.«

»Bürgermeisterin sein ist auch nur ein Job«, erklärte Lian, als er die Tür aufzog.

»Es fühlt sich an, als würde ich das Haus eines Stars betreten«, erwiderte ich todernst.

Er besah mich mit einem ungläubigen Blick. »Jetzt übertreibst du aber.«

»Ach was.«

»Ich glaube, schüchtern und still gefällst du mir doch besser.« Er knuffte mich gegen den Oberarm. »Geh vor«, bat er mich und ich setzte einen Fuß in Elaines Haus.

»Ich wusste gar nicht, dass du bei Elaine lebst, solange du hier bist«, erklärte ich in der Hoffnung, endlich mehr über ihn zu erfahren. Lian erzählte nie etwas über sich und ich gehörte leider nicht zu der Sorte Menschen, die einen mit Fragen löcherten. Das lag nicht unbedingt daran, dass es mich nicht interessierte, sondern daran, dass ich es hasste, wenn man mir zu viele Fragen über meine Person stellte.

»Sie wollte partout nichts davon hören, dass ich ins Hotel ziehe.« Er knöpfte seinen Mantel auf und nahm mir meinen ab, um ihn an die Garderobe zu hängen. Ich bückte mich herunter, um die Schnürsenkel meiner Boots zu öffnen, und stellte sie direkt neben seine in die Ecke. Als ich mich erhob, heftete sich mein Blick auf Lian. Er trug eine dunkelblaue Jeans und einen hellgrauen Pullover, der genau so viel über seine Muskeln verriet, wie er verheimlichte. Mein Blick wanderte höher und keine Sekunde später sah ich ihm direkt in seine dunkelblauen Augen, die mir wie jedes Mal den Atem nahmen. Er lächelte mir zu und fuhr sich nervös mit der Hand über den Hinterkopf durch seine Haare. Ups, ich war so unauffällig wie ein Pinguin in der Kirche.

»Bist du etwa nervös?«, neckte ich ihn mal zur Abwechslung und er warf belustigt den Kopf in den Nacken.

»Touché«, erwiderte er. »Ich hab nicht alle Tage eine Frau im Haus meiner Patentante zu stehen, weißt du?«

»Ach nein?« Ich spielte Empörung vor.

»Knalltüte«, murmelte er, kam einen Schritt auf mich zu, fasste meine Mütze bei der Bommel und zog sie mir vom Kopf.

Sofort fielen meine Locken wie wild um mein Gesicht und ich versuchte geschwind, sie halbwegs zu positionieren.

»Da ist er wieder«, lachte er, »der Look des geplatzten Sofakissens.«

Ich gackerte und wollte ihm mit der flachen Hand gegen den Bauch boxen, doch er wich mit Bravour aus. »Ein Arsch wie am ersten Tage«, hüstelte ich.

»Stets zu Diensten«, konterte er und zeigte hinter mich. »Dort ist die Wohnküche.«

Ich wandte ihm den Rücken zu und lief voraus auf eine Tür zu, durch deren Spalt ein Lichtschein fiel. »Dort?«, fragte ich und zeigte hin.

»Jep«, murmelte Lian, der mir dicht auf den Fersen war.

Ich stieß die Tür vorsichtig auf und riss überrascht die Augen auf. »Wow«, hauchte ich, tappte langsam in die Mitte des Raumes und drehte mich um meine eigene Achse. »Was ist denn das hier?«

»Das«, Lian hüstelte belustigt, »sind Elaines Küche und Wohnzimmer. Leicht zu verwechseln mit der Wichtelwerkstatt des Weihnachtsmanns.«

»Ich dachte ja, *meine* Eltern übertreiben es mit ihrer Deko, aber Bürgermeisterin Barrelsson schießt den Vogel ab - oder eher das Rentier«, nuschelte ich grinsend.

Lian kam lachend auf mich zu. »Meine Patentate ist Bürgermeisterin von Sparkle Heights, Genevieve. *Sparkle Heights*«, betonte er jede Silbe einzeln. »Elaine trägt all den Sparkle nicht nur nach außen, sie lebt und liebt ihn wahrhaftig.«

»Das ist echt beneidenswert«, schniefte ich und dachte daran, wie sehr ich auch einmal geliebt hatte, was ich machte. Solange bis es ernst wurde und der Stress und das ganze Drumherum mir die Freude am Designen genommen hatten. Tagein und tagaus gestaltete ich nach Vorlagen, hielt mich an Richtlinien und entwarf Dinge, die keinerlei Persönlichkeit mehr besaßen. Wie so oft keimten Wut und Enttäuschung in meinem Innersten auf. Enttäuschung darüber, dass die Arbeit in der Kreativagentur mir sämtliche Kreativität gestohlen hatte, so paradox das klang. Wut, weil ich keinen Ausweg wusste - zumindest keinen sicheren - und ich mich nicht bereit fühlte, ins kalte Wasser zu springen.

»Genevieve?« Lians Hand wedelte vor meinem Gesicht herum und ich blinzelte erschrocken. Oh nein, ich war schon wieder so in Gedanken versunken, dass ich komplett ausgeblendet hatte, wo und mit wem ich hier war.

»Gott, sorry«, murmelte ich, »ich war gerade in Gedanken«, erklärte ich.

Er taxierte mich mit einem besorgten Blick, was mir gar nicht gefiel.

»So, wie kann ich dir beim Kochen helfen?«, fragte ich ausweichend und lief zur Kücheninsel herüber, auf der viele abgedeckte Schalen standen. Selbst auf dem großen Küchenblock waren eine alte Holzpyramide und ein stilvoller Weihnachtsmann mit glitzerndem Anzug positioniert.

Lian folgte mir und blieb erst stehen, als er direkt hinter mir war. So nah, dass ich mir einbildete, seine Körperwärme direkt auf meiner Haut zu spüren. Mein Atem setzte für eine Sekunde aus, als er meinen Arm mit seinem strich, um nach einer großen Schüssel zu greifen.

»Hier«, hielt er mir diese hin, »du kannst uns schon einmal Salat auftun.«

»Okay«, piepste ich und nahm ihm die Schüssel mit nervösen Fingern ab und räusperte mich. »Wo sind die Teller?«

Statt zu antworten, zeigte Lian hinter mich zu einem Esstisch, auf dem für zwei Personen eingedeckt war.

»Ui, sehr gut vorbereitet, du machst das wohl öfter?«, piesackte ich ihn und erntete einen düsteren Blick.

»Nein«, antwortete er knapp und bückte sich, um Nudeln aus einer Schublade zu holen.

»O-kay«, flüsterte ich. »Ist alles in Ordnung?«

»Jep«, antwortete er, plötzlich kurz angebunden, was mir irgendwie sauer aufstoß.

»Das war ein Scherz«, erklärte ich mit tiefer Stimme. »Du darfst Witze reißen, aber ich nicht?« Ich stellte die Salatschale scheppernd auf dem Tisch ab und stemmte beide Hände in die Hüften.

Ertappt seufzte er und füllte Wasser in einen großen Topf. »Hast ja recht, sorry«, murmelte er.

»Erklärst du mir jetzt bitte, was genau ich Falsches gesagt habe?«, hakte ich nach. »Nicht, dass mir das nochmal passiert.«

Er verdrehte die Augen und seufzte. »Ich mag es nur nicht, wenn man mich für Casanova höchstpersönlich hält.«

»Weil?«

»Weil ich keiner bin?« Er zog eine Augenbraue hoch und sah so selbstsicher und hinreißend aus, dass ich ihm das nur schwer glaubte.

»Ach komm. Erzähl mir nicht, die Frauen liegen dir nicht zu Füßen«, murmelte ich und wusste nicht, warum um Himmels Willen ich so einen Mist von mir gab.

»Wie kommst du darauf?« Er griff nach einem Geschirrtuch und steckte es sich an einem Zipfel in die Hosentasche, damit er es griffbereit hatte. Täuschte ich mich oder grinste er schelmisch?

»Du betreibst jetzt gerade nicht wirklich Compliment-Fishing, oder?«

Er warf den Kopf in den Nacken und lachte. Dieses Geräusch jagte mir zum hundertsten Mal einen angenehmen Schauder über den Rücken. »Hätte ja klappen können«, gab er schulterzuckend zu.

»Unglaublich«, stöhnte ich und widmete mich der Salatschüssel.

»Was? War das etwa schon das erste Kompliment?«, rief er zu mir herüber.

»Träum weiter, Leopold«, murrte ich und lächelte heimlich in mich hinein.

Kapitel 23

»Oh mein Gott, deine Lasagne war der absolute Hammer«, lobte ich Lian und hielt mir den vollgestopften Bauch mit der Hand. »Ich werde mich heute keinen Zentimeter mehr bewegen können.«

»Meinst du, du schaffst es die paar Meter herüber zum Sofa?« Er zeigte grinsend in die andere Ecke des großen Raumes.

Ich kniff die Augen zusammen und verzog gespielt grüblerisch den Mund. »Das sollte ich gerade so noch schaffen.«

»Dann los.« Er stemmte sich am Tisch hoch und hielt mir seine Hand hin.

»Danke«, nuschelte ich leise, griff nach ihr und biss mir auf die Zunge. Es war nicht normal, dass sämtliche Synapsen in meinem Körper auf Error schalteten, sobald er mich berührte. Seit unserer ersten Begegnung war es nicht nur sein Aussehen, das mich anzog. Es war die Art, wie er redete, wie sich sein Grübchen bei dem kleinsten Anflug eines Lächelns bildete, wie er immer den Augenkontakt suchte und sogar die simple Art, wie er lief.

Ich ließ mich wie ein nasser Sack auf die Couch plumpsen und entdeckte in einem Zeitungsständer mehrere Magazine liegen. Aus einem war eine Werbung herausgerutscht, die mir die Kehle zuschnürte. Es war eine Anzeige für eine berühmte Kosmetikmarke. Und ich hatte sie gestaltet. Als ich die ersten namhaften Marken bei ihren Designs unterstützte, war ich noch so wahnsinnig aufgeregt gewesen. Schon damals hatte ich mich selbst belogen und mir eingeredet, dass ich es liebte. Doch das war weit gefehlt. Seitdem ich in ein Raster gedrängt wurde, funktionierte ich nur noch und von Herzblut war schon lange nicht mehr die Rede gewesen. Erneut drifteten meine Gedanken zu dem Telefonat mit Dave ab und augenblicklich wurde mir eiskalt. Die Angst, den Job, den ich hasste zu verlieren, drang in jede kleinste Pore meines Körpers und brachte meine emotionale Verwirrung an ihre Grenzen.

Was soll ich nur tun?

»Erde an Genevieve?« Lian rutschte ein Stück an mich heran, sodass sich unsere Beine berührten. »Was hast du gesagt?«

Erschrocken schluckte ich und pfriemelte nervös am Saum meines Pullovers herum. »Äh, nichts?«

»Du sagtest ‚*Was soll ich nur tun*‘«, wiederholte er meine Worte und kniff die Augen zusammen. Ich Idiot hatte meine Gedanken doch tatsächlich laut ausgesprochen. Wie kam ich da nur wieder heraus?

»Äh, ich habe nur … überlegt«, krampfhaft suchte ich nach einer Ausrede und sah mich im Raum um, »wie ich meinen Eltern morgen früh am besten aus dem Weg gehen kann.«

Er lächelte und rutschte ein bisschen näher an mich heran, was für ein Kribbeln in meinem Innersten sorgte. »Und jetzt bitte die Wahrheit«, flüsterte er und sah mir direkt in die Augen.

Ich schluckte und zwang mich mit aller Kraft dazu, den Blick nicht abzuwenden. Jetzt wünschte ich mir doch, dass *ich* mit der Fragerei gestartet hätte, damit er gar nicht erst die Gelegenheit dazu bekam. »Ich hatte vorhin ein Telefonat mit meinem Boss und habe mir eventuell mein eigenes Grab geschaufelt«, sprach ich leise.

»Wie kommst du darauf?« Er setzte sich aufrecht hin und ließ mich nicht aus seinen Augen. Er gab mir das Gefühl, sich ehrlich dafür zu interessieren.

»Ach«, winkte ich ab. »Er wollte, dass ich etwas erledige und ich habe verneint.« Ich versuchte, betont locker zu klingen, doch selbst meine schwerhörige Grandma hätte bemerkt, wie meine Stimme zum Satzende hin brach.

Er zog eine Augenbraue hoch. »Ich dachte, du hättest

Urlaub?«

»Das ist nicht so einfach«, antwortete ich trotzig und verschränkte die Arme vor der Brust. Meinen Blick heftete ich auf meinen Schoß. »Fang jetzt bloß nicht an wie meine Eltern«, bat ich ihn vorwurfsvoll.

Er hob die Hände in die Luft. »Ich meinte das nicht böse, Genevieve«, verteidigte er sich unaufgeregt.

»Ich weiß ja«, murmelte ich geknickt.

»Was ist dein Job? Wo und als was arbeitest du?« Er lehnte sich zurück in die Kissen und stupste mir mit dem Zeigefinger gegen den Oberarm.

Der plötzliche Umschwung verunsicherte mich und ich biss mir nervös auf die Unterlippe. Es war, als wären meine Gedanken zu Eis gefroren. Als ich auch ein paar Sekunden später nichts sagte, räusperte er sich und nahm den Faden selbst wieder auf. »Okay, lass mich raten«, überlegte er laut und legte den Arm um meine Schultern.

Nervös starrte ich seine Hand an und lehnte mich langsam ebenfalls zurück. Meine Finger versteckte ich in den Ärmeln meines Pullovers, damit er nicht sah, dass ich nervös an den Fingernägeln herumzupfte. Ich hob mutig den Kopf an und lehnte ihn gegen seinen Arm, wobei es plötzlich in meinem Kiefer kribbelte. Ich war so froh, dass er weitersprach, da diese unmittelbare Nähe zu ihm es mir nicht ermöglichte, halbwegs klar zu denken.

»Du machst bestimmt nichts mit Menschen«, grinste

er mich an.

Empört fiel mir die Kinnlade herunter. »Wie kommst du denn darauf?«

»Dafür bist du einfach viel zu wenig Typ Plappermaul«, erklärte er.

»Ich bin nicht immer so ruhig«, versicherte ich ihm lächelnd und verdrehte die Augen.

»Hab ich dennoch recht?«

»Ja, hast du«, gab ich zu und zog meine Beine an, setzte mich etwas schräger hin, damit ich ihn besser anschauen konnte.

»Okay, du arbeitest in New York und nicht mit Menschen. Du redest nicht so gern, also bist du garantiert keine Anwältin«, tippte er.

»Oh Gott, richtig«, lachte ich laut und schlug mir die Hand vor den Mund.

»Obwohl du nicht ungern das letzte Wort hast«, fügte er zwinkernd hinzu.

»Du bist viel schlimmer«, verteidigte ich mich.

»Siehst du«, grinste er und erntete dafür einen verärgerten Blick von mir.

»Du arbeitest nicht im Bankwesen.«

Ich zog eine Augenbraue hoch und verkniff mir ein Grinsen. »Glaubst du etwa nicht, dass ich gut mit Zahlen umgehen kann?«

»Ich kann mir nicht vorstellen, wie du Leute im kurzen Bleistiftrock über den Tisch ziehst«, flüsterte er. »Obwohl ich mir den Part mit dem Bleistiftrock durchaus vorstellen könnte.«

»Ach ja?«

»Oh ja«, grinste er und sorgte dafür, dass mir vor Aufregung übel wurde. Mein Herz schlug so heftig, dass es mir aus der Brust zu springen drohte.

»Du hast noch einen Versuch«, flüsterte ich zurück und rutschte kaum merklich ein paar Millimeter näher an ihn heran. Es war, als gäbe es plötzlich ein Band zwischen uns, das mich an ihn zog.

Seine Finger strichen langsam über meinen Arm, was mich einem Nervenzusammenbruch näher brachte. »Ich denke, du machst etwas Kreatives«, schloss er leise und traf damit genau ins Schwarze.

»Wow, du bist gut«, lobte ich ihn mit heiserer Stimme.

Er rückte ein Stück weiter an mich heran und setzte sich etwas aufrechter hin, damit sein Gesicht meinem näher war. »Wie gut denn?«, hauchte er und ich ertappte ihn dabei, wie sein Blick zwischen meinen Augen und meinem Mund hin und her wanderte. Ich konnte seinen warmen Atem bereits auf meinen Lippen spüren und biss mir verlegen auf die Unterlippe.

Ich schluckte und versuchte, das Beben, das von meinem Körper Besitz ergriff, unter Kontrolle zu bringen, als ich plötzlich seine Hand in meinem Nacken spürte, die meinen Kopf vorsichtig ein Stückchen nach vorn schob.

Unsere Nasenspitzen waren sich so nah, dass sie sich

beinahe berührten, kein Blatt würde mehr dazwischen passen. Ich vergaß das Atmen und nahm dennoch seinen Duft nach Rosmarin und Wald, gemischt mit der himmlischen Pasta von eben wahr.

»Volltreffer«, flüsterte ich.

Er lächelte und überbrückte die letzten Millimeter zwischen uns, legte seine Lippen vorsichtig auf meine. Seine Hand wanderte von meinem Nacken über die Schulter, hinunter zu meiner Taille. Ich japste leise und erwiderte seinen Kuss zaghaft, wobei ich mich ein wenig gegen ihn lehnte. In meinem Inneren explodierte ein Feuerwerk und ich zitterte unkontrolliert. Meine Gefühle überwältigten mich und ich hob die Hand, um sie an seine stoppelige Wange zu legen. Seine Haut war so warm, dass mir ein weiterer Schauder die Wirbelsäule herabrieselte.

»Frierst du?«, hauchte er an meinem Mund und ich schüttelte lächelnd den Kopf.

»Nein«, antwortete ich direkt an seinen Lippen und öffnete die Augen. Sein warmer Blick empfing mich und mir entging nicht, dass seine Pupillen geweitet waren. Ohne, dass ein weiteres Wort fiel, schlossen wir wieder die Augen und ich lehnte mich stärker gegen ihn, drückte meinen Mund jetzt mutiger auf seinen. Ich zwang mich dazu, meine Gedanken auszuschließen und einfach nur zu genießen, was hier geschah.

Zaghaft öffnete ich den Mund ein Stück, was Lian ein leises Stöhnen entlockte. Er griff mich mit beiden

Händen an der Taille, um mich auf seinen Schoß zu ziehen. Das Beben in meinem Körper und der angenehme Schmerz in meinem Unterleib bescherten mir einen Adrenalinrausch, der mich mutiger werden ließ.

Fordernd griff ich in sein dichtes Haar und strich mit der anderen Hand über seinen Nacken, als seine Zunge langsam in meinen Mund drang, um mit meiner zu spielen. Seine Hände strichen meinen Rücken auf und ab, bis er sie zuletzt unter meinen Pullover wandern ließ. Unser Kuss wurde von Sekunde zu Sekunde intensiver, ich nahm seinen Geschmack in mich auf und stöhnte leise, als er mir sanft in die Unterlippe biss.

»Genevieve«, hauchte er und sah mir direkt in die Augen.

Ich lächelte ihn an und fuhr ihm erneut durch die verwuschelten Haare, ohne meinen Mund von seinem zu nehmen.

Kapitel 24

Ich stand in einem von Elaines Badezimmern und hielt mich mit beiden Händen am Waschbecken fest. Was auch immer da zwischen Lian und mir passiert war, sorgte dafür, dass mein Herz ohne Unterlass gegen meinen Brustkorb hämmerte. Der Blick in mein Spiegelbild ließ mich schmunzeln. Das Kinn wund und rot, die Haare zerzaust, die Mascara zerkrümelt und der Teint in einem rosafarbenen Ton, den kein Rouge der Welt nachahmen konnte. Es war eine Ewigkeit her, dass ich von einem Mann so geküsst worden war. So voller Leidenschaft und Hingabe. Er gab mir das Gefühl, dass es nichts Besseres auf dieser Welt gab, als mich zu küssen.

Ein Frösteln wanderte durch meine Adern, dicht gefolgt von einer wohligen Wärme. Ich war so durcheinander, aber auch ... glücklich. Lian hatte es beileibe geschafft, meine von Zweifeln geplagten Gedanken, für ein paar Minuten auszuschalten. Während unserer Küsse gab es nur uns beide, unsere Hände, die den Körper des anderen erkundeten und unsere Zungen, die sich liebkosten.

Vorsichtig leckte ich über meine wunden Lippen und zuckte aufgrund des Schmerzes zusammen. Ich sah meinem Spiegelbild in die Augen und schenkte mir selbst ein Lächeln. Wer wusste schon, wo das alles hinführen würde? Niemand. Denn niemand war dazu fähig, in die Zukunft sehen. Alles, was man vollbrachte, konnte etwas nach sich ziehen, das man nicht erwartete. Vielleicht würde unsere Begegnung im Sande verlaufen und nichts weiter bleiben, als eine Erinnerung, die mir meinen Lebtag ein Lächeln ins Gesicht zauberte. Vielleicht aber gab uns das Schicksal auch die Chance, mehr aus unserem Zusammentreffen zu entwickeln, als bloß eine Erinnerung.

Wohlig seufzend wusch ich mir die Hände und versuchte, mit einem feuchten Kosmetiktuch das Desaster um meine Pandaaugen zu beseitigen. Ich verließ das Bad und schlich ehrfürchtig und auf Tippelschritten die Treppe herunter, um zurück zu Lian zu gehen. Es war mir nach wie vor etwas unheimlich, mich in Elaines Haus zu bewegen.

Als ich zurück ins Zimmer schlüpfte, saß Lian noch immer auf dem Sofa, mit dem Unterschied, dass auf dem Tisch und den Sideboards Kerzen brannten. Vor

Rührung schossen mir die Tränen in die Augen.

»In dir schlummert wohl ein kleiner Romantiker, Lian Wright«, neckte ich ihn liebevoll und ließ mich neben ihm nieder, kuschelte mich in seinen ausgestreckten Arm, als wäre es das Selbstverständlichste der Welt.

Er beugte sich zu mir herunter und gab mir einen sanften Kuss auf das Ohr. »Ich bin wie eine Wundertüte, wart's nur ab«, flüsterte er.

»Ich stehe auf Überraschungen«, seufzte ich zufrieden. »Zumindest, wenn es gute sind.«

»Ich wage zu behaupten, dass niemand auf schlechte Überraschungen steht«, schmunzelte er und zog mich näher an seine Brust. »Willst du mir jetzt vielleicht erzählen, was dir auf der Seele brennt?«

Ich stutzte und zog die Stirn kraus. »Willst du das hier jetzt echt versauen?«, grummelte ich, die Wange an seiner Brust.

»Nein.« Er lachte, wodurch sein Oberkörper leicht bebte. »Aber ich würde gern verstehen, was in deinem hübschen Lockenkopf abgeht.«

»Oh, glaub mir. Die geballte Ladung meiner Gedanken würdest du gar nicht ertragen«, wies ich ihn ab.

»Meinst du?«

Ich nickte. »Da bin ich mir ganz sicher.«

»Ich denke, ich halte es aus.« Er drückte meinen Oberarm, wie um mir zu zeigen, dass er es ernst meinte.

Stöhnend setzte ich mich auf, strich mir diee Haare

hinter die Ohren und starrte in meinen Schoß. »Ich bin mit neunzehn ausgezogen, um nach New York zu gehen«, erzählte ich leise und sofort bildete sich wieder der Kloß in meinem Hals, der mir gleichzeitig auf die Tränendrüse drückte. Ich schluckte und erschrak, als Lian seine Hand nach meinem Kinn ausstreckte, um es sanft anzuheben.

Er legte den Kopf schief und schenkte mir ein aufrichtiges, ermutigendes Lächeln und nickte mir letztendlich zu. »Du kannst mir alles darüber erzählen, was du willst. Ich möchte dir zuhören und werde absolut nichts von dem, was du mir anvertraust, verurteilen«, versicherte er mir.

Ich blinzelte ertappt und biss mir auf die Unterlippe. Woher wusste er, dass es genau meine Angst vor Verurteilung war, die mich stets daran hinderte, mich anderen zu öffnen? Die Reaktionen waren fast immer identisch gewesen: Augenrollen, weil das Mädchen aus der Kleinstadt unbedingt in die große, weite Welt hinauswollte. Als wäre mein Leben ein Teeniefilm. »Wie kannst du dir da so sicher sein?«

Er kicherte. »Zum einen glaube ich nicht, dass du mir etwas so Grausames erzählst, was mein Bild von dir irgendwie verändern könnte. Zum anderen steht es niemandem zu, über dich und den Verlauf deines bisherigen Lebens zu urteilen.«

Ich stieß angestrengt die Luft aus und kicherte überfordert. »Für so weise hätte ich dich gar nicht gehalten«, murmelte ich und boxte ihm spielerisch gegen den Oberarm. Er fing meine Faust blitzschnell ein und drückte mir einen Kuss auf die Knöchel, was die Rentiere in meinem Bauch Tango tanzen ließ.

»Du versuchst, von dir abzulenken«, erkannte er bedächtig. »Das klappt aber nicht.«

»Also okay.« Ich atmete einmal tief ein und wieder aus. »Ich hatte schon immer gern gezeichnet und fotografiert«, setzte ich an, meine kleine Geschichte zu erzählen. »Ich war eine sehr gute Schülerin und interessierte mich für Kunst. Kunst wurde irgendwie mein Ding und es gab keinen Tag, an dem ich nicht irgendetwas zeichnete oder bastelte. Meine Kunstlehrerin hatte mich irgendwann ermutigt, mich für ein Stipendium zu bewerben.« Ich biss mir von innen auf die Wange. Irgendetwas hatte mich bisher immer zurückgehalten, das zu erzählen, obwohl ich wusste, wie stolz ich auf mich sein durfte.

»Ein Stipendium für?« Lian streichelte meine Oberschenkel, während ich erzählte, und ließ mich keine Sekunde aus den Augen.

»Für die ... Columbia«, presste ich nervös hervor und spürte, wie mir die Hitze ins Gesicht schoss.

Lian grinste verwundert. »Ich finde es ja echt süß, dass du ständig knallrot anläufst, aber warum jetzt? Die Columbia ist doch eine erstklassige Universität und nichts, wofür man sich schämen müsste.«

Ich verdrehte die Augen. »Ich weiß. Die Zeit an der

Columbia war die Beste in meinem Leben.«

»So! Jetzt strahlst du wieder«, bemerkte Lian.

»Ich habe in den drei Jahren so viel gelernt, von den besten Professoren und Künstlern, habe viele Galerien und Ausstellungen besucht und irgendwann -« ich stockte und schluckte.

»Irgendwann was?«

»- meinen Stil gefunden«, murmelte ich traurig.

Lian räusperte sich. »Ist das nicht etwas Gutes?«

Ich nickte traurig. »Ja. Ist es. Rein theoretisch. Aber auch nur, wenn man diesen zeigen darf.«

»Oh«, erwiderte er schwach.

»Ja, oh«, wiederholte ich ihn. »Ich bekam nach der Uni einen Job in einer der größten Kreativagenturen New Yorks. Ich stieg mit einem lausigen Gehalt und kaum Urlaub ein, machte nur Überstunden und hatte mir immer gesagt, dass jeder nun einmal so anfing.«

»Irgendwas sagt mir, dass sich das nicht geändert hat«, nuschelte Lian.

Ich schüttelte lächelnd den Kopf. »Doch, nach einem Jahr wurde ich das erste Mal befördert und machte sogar das erste Mal für eine ganze Woche Urlaub. Mir wurden eigene Kampagnen anvertraut, ich designte für namhafte Marken, bemerkte aber schnell, dass sie nur einen Roboter brauchten.«

»Inwiefern?« Lians ehrliches Interesse schnürte mir die Kehle zu.

Ich schluckte und sprach weiter. »Die Kunden

haben immer exakte Vorstellungen und brauchen nur jemanden, der es umsetzt. Der das Handwerk beherrscht. Seit Jahren habe ich nicht mehr gezeichnet oder gebastelt.« Ich zog den Kopf ein. »Und das Schlimmste daran ist, dass ich es nie wahrhaben wollte, wie schrecklich der Job ist, auf den ich jahrelang hingearbeitet habe. Ich belüge nicht nur meine Familie, sondern auch mich, weil ich nicht zugeben möchte, wie sehr ich hasse, was ich tagtäglich tue.« Ein seltsam befreiendes Gefühl kroch meine Adern entlang. Ich hatte diesen Gedanken, der mich täglich begleitete, noch kein einziges Mal laut ausgesprochen. Es fühlte sich endgültig an. Es war gesagt und konnte nicht mehr zurückgenommen werden.

Lian stieß angestrengt Luft aus, setzte sich auf und streichelte mir mit dem Handrücken sanft über die Wange. »Du hast es mir erzählt«, flüsterte er.

»Das habe ich wohl«, schniefte ich und wischte mir schnell eine Träne aus dem Gesicht, die ich nicht geschafft hatte, zurückzuhalten. »Ich hasse meinen Job und fürchte dennoch, dass ich nach dem heutigen Tag gekündigt werde«, jammerte ich. »Ist das nicht völlig bescheuert?«

Er schüttelte lächelnd den Kopf. »Nein. Es ist ganz normal, Angst davor zu haben, seinen Job zu verlieren. Egal, ob man ihn liebt oder hasst.«

»Ich stehe echt darauf, eine Krankenversicherung zu haben«, witzelte ich traurig, um die Stimmung etwas anzuheben.

»Das ist bei deiner Tollpatschigkeit auch nicht verkehrt«, schmunzelte er und erntete dafür einen festen Schlag mit einem Sofakissen mitten ins Gesicht.

»Da war ein Loch im Schnee«, lachte ich, da ich genau wusste, dass es eine Anspielung auf meine Bekanntschaft mit dem tiefen Schnee auf der Rentierfarm war.

»Ach, gleich vier Stück, ja?«, erwiderte er frech grinsend und wischte sich mit der Hand über das Gesicht.

Kapitel 25

»Naaaa? Wie wars?«, trötete Mom mir am nächsten Morgen entgegen, als ich noch nicht einmal komplett durch die Küchentür hereingekommen war. Ihre Enttäuschung über mich schien wie weggeblasen. Wie schaffte sie es nur immer, im Schlaf sämtliche Negativität zu verlieren und am Morgen wieder mit einem Lachen am Küchentisch zu sitzen?

»Oh bitte«, stöhnte ich genervt.

»Wie ich sehe, ist dein Kinn wund.« Sie hob ihre große Kaffeetasse zum Mund, um das fette Grinsen zu verstecken.

Ich verdrehte die Augen und schlurfte herüber zur Kaffeemaschine. »Mom, du benimmst dich, als wäre ich sechzehn Jahre alt.«

»Nein. Als du sechzehn warst, hast du dich heimlich heraus- und hereingeschlichen und mir nie die

Möglichkeit gegeben, dich aufzuziehen«, erklärte sie lachend.

Ich war dabei, meine Tasse mit Kaffee zu füllen, zuckte bei ihren Worten aber zusammen und verkleckerte die Hälfte. »Shit«, fluchte ich und griff nach der Küchenrolle, um die Sauerei wegzuwischen.

»Bist du etwa überrascht?«, lächelte sie mir überlegen zu, als ich mich umdrehte, meine Hände in die Küchenplatte hinter mir gekrallt.

»Du ... hast es gewusst?«

»Auch wenn du aussiehst wie eine Fee - du bewegst dich laut wie ein Nilpferd. Damals schon.«

»Dad?«, flüsterte ich aus Angst, dass er im Nebenraum saß und lauschte.

Sie schüttelte den Kopf. »Schlief immer tief und fest.«

Die Erkenntnis, dass Mom immer wusste, wenn ich mich heimlich davongeschlichen hatte, schlug ein wie eine Bombe. »Ich muss mich hinsetzen«, nuschelte ich, zog einen Stuhl unter dem Tisch hervor und ließ mich auf ihm nieder.

»Also, wie war es?« Mom konnte wirklich hartnäckig sein.

Ein Teil von mir wollte ihr erzählen, wie behaglich ich mich gestern bei Lian gefühlt hatte. Doch ein anderer Teil in mir hielt mich zurück. Ich war einfach nicht so weit, jetzt vor ihr zuzugeben, wie zerbrochen mein Traum von damals mittlerweile war.

Ich nahm einen großen Schluck Kaffee und seufzte.

»Es war wirklich schön«, säuselte ich unverbindlich. »Wir waren auf dem Weihnachtsmarkt, er hat mir einen Heidelbeerglühwein gekauft und wir sind umhergelaufen. Danach sind wir zu ihm, er wohnt übrigens bei Elaine, und er hat die leckerste Lasagne gekocht, die ich jemals gegessen habe.«

»Oh, das klingt nach einem fabelhaften Date«, strahlte Mom mich an und ich versuchte, mir meine Verlegenheit nicht anmerken zu lassen, und wechselte schnell das Thema. »Hast du schon gefrühstückt?« Ich sprang auf, wobei ich mir das Knie am Tischbein stieß.

»Nilpferd«, hüstelte Mom und zog schmunzelnd eine Augenbraue hoch.

»Wie witzig«, erwiderte ich zynisch und rieb mir das schmerzende Bein. »Also, Waffeln oder Toast?«

»Ja«, antwortete Mom und stemmte sich ebenfalls hoch. »Du machst wieder deine leckeren Weihnachtswaffeln und ich bereite uns ein Käse-Sandwich vor.«

Ich nickte entschlossen. »Okay, klingt perfekt. Wo ist eigentlich Dad? Soll ich für ihn eine Waffel mitbacken?«

Mom schüttelte den Kopf. »Nein, er ist schon los zum Baumarkt in Frosty Heights. Er hilft doch dabei, die Krippe vor der Kirche zu reparieren.«

Wissend nickte ich, konnte mir ein Grinsen aber nicht verkneifen. »Ach, stimmt ja. Und das zu dieser Uhrzeit. Armer Dad.«

»Armer Dad? Ich bin hier eher die, die Mitleid

vertragen könnte!«

Prustend drehte ich mich zu ihr um, in einer Hand zwei Eier, in der anderen eine Tüte Mehl. »Warum?«

Sie griff nach dem Käse im Kühlschrank und stellte mir dann die Milch bereit. »Er war so laut und grummelig, dass er mich geweckt hat. Zwischendurch hat er mir sogar an den Kopf geworfen, dass ja alles meine Schuld sei. Er kann wirklich theatralisch sein, wenn die Sonne noch nicht aufgegangen ist.«

Ich warf den Kopf in den Nacken und lachte. »Wo er recht hat«, erwiderte ich schulterzuckend. »Immerhin hast du das alles mit organisiert.«

»Du bist genau so frech wie dein Dad«, schmunzelte Mom und schnappte sich ein Messer, um dicke Käsescheiben vom Cheddarstück abzuschneiden.

»Vielen Dank«, witzelte ich und widmete mich dem Waffelteig.

Als wir wenig später aufgegessen hatten, kontrollierte ich noch einmal die Uhrzeit und seufzte voller Vorfreude. »Ich springe mal fix unter die Dusche, bald muss ich nämlich los. Es war schön, mit dir zu frühstücken«, nuschelte ich und flüchtete aus dem Raum, bevor sie das Thema womöglich wieder auf Lian brachte.

Kapitel 26

»Hi, Edward. Entschuldige, dass wir zu spät sind«, platzte ich heraus, sobald er uns die Tür öffnete.

»Ach«, winkte dieser ab, »kommt rein, kommt rein. Täusche ich mich, oder ist es heute noch kälter geworden?«

»Oh nein, du täuschst dich nicht«, antwortete Lian und schüttelte seine Jacke im Türrahmen aus.

»Solange der Schnee so heftig ums Haus zieht, braucht ihr nicht nach draußen gehen«, beschloss Edward und nickte in Richtung Küche. »Ich könnte Unterstützung bei der Gewürzmilch gebrauchen«, lächelte er Lian an.

»Schon zur Stelle«, salutierte er und wartete, bis Edward uns den Rücken zugekehrt hatte, um mir einen schnellen Kuss auf den Mund zu geben und somit die Rentiere in meinem Bauch zu wecken. Überrumpelt ließ ich die Schuhe los, die mit einem lauten Poltern auf dem Holzboden auftrafen.

»Warne mich doch das nächste Mal vor«, zischte ich lächelnd und bückte mich verlegen zu meinen Schuhen. Auch wenn der Kuss nur kurz und flüchtig war, spürte ich seine weichen Lippen noch immer auf meinen. Es kostete mich große Selbstbeherrschung, meine Lippen nicht sachte mit den Fingern zu berühren.

Lian beugte sich zu mir herunter und flüsterte in mein Ohr. »Auf gar keinen Fall, ich bekomme nicht genug davon, wenn deine Wangen und Ohren knallrot anlaufen.«

»Du bist ein Vollhorst«, beleidigte ich ihn schmunzelnd, drückte ihm meine Jacke in die Hände und folgte Edward in die Küche.

»Oh wow«, entfuhr es mir, »bist du etwa dabei, Plätzchen zu backen?«

Edward nickte verlegen und zeigte auf seine Gehhilfen. »Wenn man so eingeschränkt ist, muss man sich eben anderweitig Beschäftigung suchen.«

»Du vermisst deine Rentiere, hm?« Ich senkte die Stimme und legte meine Hand auf seine.

Er schluckte. »Ja. Es bricht mir das Herz, mich nicht um sie kümmern zu können. Sie sind seit dem Tod meiner Frau Heather zu meiner Familie geworden.«

Ich blinzelte, damit mir nicht die Tränen kamen. Das war gleichermaßen wohlig wie traurig und noch mehr bereute ich es, ihn nicht schon früher kennengelernt zu haben. »Soll ich dir beim Ausstechen helfen?«, fragte ich und zeigte auf den ausgerollten Teig.

»Sehr gern«, nickte er und schob mir ein paar Ausstechformen herüber.

Lian betrat den Raum und ein Lächeln entstand auf seinem Gesicht. »Wisst ihr, was hier jetzt noch fehlt?«

Edward schmunzelte. »Außer der Gewürzmilch?«

»Außer der Milch, ja. Musik! Wartet einen Moment.« Wie von der Tarantel gestochen verließ er die Küche und ich hörte wenige Sekunden später die Haustür aufgehen.

»Was das wohl wird?«, überlegte Edward und stach das erste Plätzchen in Form eines Weihnachtsbaums aus.

Ich zuckte mit den Schultern und suchte mir eine Engel-Ausstechform aus. »Ich habe keine Ahnung. Aber wir werden es bestimmt gleich erfahren.«

»So«, Lian betrat die Küche und hielt eine kleine Box und sein Handy in die Höhe.

»Was ist das?«, rätselte Edward und zog eine Augenbraue hoch.

»Sieht aus wie eine Bluetooth-Box«, mutmaßte ich grinsend.

Lian zeigte mit dem Finger auf mich. »Korrekt.«

»Hier oben gibt es aber kaum Netz, erst recht nicht bei solch einem Sturm«, erklärte Edward geknickt.

Lian zuckte mit den Achseln. »Nicht so wild, ich habe eine offline Playlist gespeichert.«

Edwards Augen leuchteten. »So etwas geht?«

Ich kniff die Lippen zusammen, um nicht laut loszulachen. Ich fand es immer wieder niedlich, wie fasziniert alte Leute von etwas sein konnten, das für uns junge Erwachsene und Kinder so absolut alltäglich war.

»Moment«, murmelte Lian, schaltete die Box ein und verband sie mit seinem Handy. Edward und ich warteten gespannt und beim ersten Ton von Jingle Bells klatschte ich in die Hände.

»Dashing through the Snooooow«, trällerte ich aufgeregt, während ich nach einem Stern-Ausstecher griff, um ein paar Plätzchen in Sternchenform auf das vorbereitete Backblech zu legen.

»In a one-horse open sleeeeeeigh«, setzte Lian lachend ein und lief herüber zum Herd.

»Through the fields we gooo.« Als bei der dritten Strophenzeile auch noch Edward mit seiner tiefen, kratzigen Stimme einsetzte, durchflutete mich eine Glückswelle, die mir einen Kloß im Hals bescherte. Grandpa Claus hatte immer laut gesungen und dabei so furchtbar geklungen. Doch niemals wäre jemand von uns auf die Idee gekommen, ihm das Singen zu verbieten. Die Erinnerung an seine tiefe, schiefe, aber dafür umso lautere Gesangsstimme jagte mir eine Gänsehaut über den Rücken und ich schluckte den Kloß herunter, um beim Refrain wieder einzusteigen.

»Jingle bells, jingle bells, jingle all the waaaay«, trällerten wir alle gleichzeitig und ausgelassen.

Ich rückte meinen Stuhl nach hinten, stand auf und

griff nach dem Backblech. »Das erste Blech ist voll«, murmelte ich eher zu mir selbst. Ich lief zum Ofen und schob es auf die alten Schienen, die laut quietschten, als ich sie herauszog. Ich stellte die alte Eieruhr, die in dem nussbraunen Gewürzregal über dem Herd stand, auf zwölf Minuten ein.

»In zwei Minuten ist die Milch fertig«, informierte Lian uns beiläufig und zeigte auf den Tisch. Während er in dem Topf rührte und Edward den Teig erneut zu einer Kugel formte, um diese dann auszurollen, stellte ich mich ans Fenster. Ich griff nach der weißen Spitzengardine und schob sie zur Seite, um besser hinausblicken zu können.

Vor dem Fenster wütete ein immer stärkerer Schneesturm und in mir breitete sich ein Gefühl erschütternder Vorahnung aus. Es war, als würde mein Unterbewusstsein mich warnen wollen, indem es mir einen Stein in den Magen legte. Ich liebte den Schnee und beobachtete, wie die riesigen Flocken eine nach der anderen an der Scheibe festfroren. Teilweise waren es so große Schneeflocken, dass man die einzelnen Kristalle erkennen konnte. Anhand einer einzigen Schneeflocke konnte man ausmachen, wie großartig und einmalig Mutter Natur war. Die Natur war das Vorbild für sämtliche Kreativität. In ihr fand man die größte Kunst und Schneeflocken waren der beste Beweis für die unvollkommene Vollkommenheit.

Ich spürte plötzlich eine Wärme an meinem Rücken

und riss den Blick vom umher wirbelnden Schnee los. Lian war dicht hinter mich getreten, um mir über die Schulter zu sehen, und seine Nähe ließ die Rentiere in meinem Bauch Trampolin hüpfen. Ich schluckte und rührte mich keinen Zentimeter, in der Hoffnung, dass er genau so nah bei mir stehen bleiben würde.

»Die Milch wird kalt«, flüsterte er an mein Ohr und drückte heimlich meine Hand mit seiner, ehe er zum Tisch lief. Ich drehte mich um und beobachtete, wie Edward konzentriert weitere Plätzchen ausstach. Er lächelte dabei, was mich gleichermaßen Glück und Wehmut bereitete. Ihn glücklich zu sehen, bedeutete mir unbeschreiblich viel, dabei kannte ich ihn erst seit zwei Wochen. Ich konnte mir meine Zuneigung zu Edward selbst nicht erklären. Vermutlich lag es daran, dass er mich so arg an Grandpa Claus erinnerte.

Ich setzte mich wieder auf meinen Platz und griff nach der weißen Emailletasse mit silbernem Rand. In ihr dampfte die heiße Milch, in der eine Orangenschale sowie dünne Ingwerschalen schwammen. Ich schloss genießerisch die Augen, als ich den heißen Dampf einatmete und mich in meine Kindheit zurückversetzt fühlte.

»Da hast du dich aber heute selbst übertroffen, mein Junge«, lobte Edward Lian nach dem ersten Schluck. Lian nickte ihm nur zu und kratzte sich verlegen am Hinterkopf. Das laute Ringen der Eieruhr ließ uns alle zusammenzucken und Lian stand gemütlich auf, um das erste Blech aus dem Ofen zu holen.

»Stell es am besten dort auf den Hocker«, wies Edward ihn an und zeigte auf einen kleinen Schemel. Ich griff nach dem zweiten Blech, schob es in den Ofen und stellte wieder die Eieruhr ein.

Lian trat noch einmal ans Fenster und ich ließ den Blick über seinen Rücken streifen. Er sah in dem dicken Norwegerpullover und den Wollsocken so gemütlich aus, dass ich mich zu gerne vor den Kamin in seine Arme gekuschelt hätte.

Sein Räuspern holte mich aus meinem Tagtraum, ich zuckte zusammen und machte einen Satz zum Tisch, um nach der Milch zu greifen. »Schmeckt gut«, murmelte ich und hoffte, dass er nicht mitbekommen hatte, wie ich ihn schon wieder angestarrt hatte.

»Ich denke nicht, dass sich der Schneesturm in nächster Zeit beruhigt«, sprach er mit fester Stimme und sah erst Edward, dann mich eindringlich an.

»Okay?« Nuschelte ich. »Was wollen wir tun?«

»Ich werde hoch zur Scheune gehen, um die Rentiere zu füttern, und um nach dem Rechten zu sehen, schnell ausmisten, bevor es dunkel wird«, zählte er auf und trank dann einen großen Schluck von seiner Gewürzmilch.

Ich nickte, während er sprach. »Okay, ich helfe dir«, entschied ich und setzte die Tasse ebenfalls an meine Lippen, um auszutrinken.

Lian schüttelte den Kopf. »Nein, brauchst du nicht«, lächelte er. »Es ist echt verdammt kalt und man sieht kaum was durch den dichten Schneefall, du landest nur wieder mit dem Gesicht im Schnee.«

»Ha, ha, sehr witzig«, schmollte ich und verdrehte die Augen. »Ich meine es ernst, ich kann mitkommen, zu zweit sind wir schneller«, versuchte ich ihn zu überreden. Mein Bauchgefühl erlaubte es nicht, ihn allein dort hinausgehen zu lassen.

»Und wer kümmert sich um den heißen Ofen und die Plätzchen?«, argumentierte Lian und grinste, als mir darauf keine Erwiderung einfiel. Er hatte recht, ich konnte Edward nicht die Aufgabe überlassen, die heißen Bleche aus dem Ofen zu holen, wenn er ohne Krücken nicht einmal stand.

»Danke, Lian.« Edwards Augen wurden wässrig, was mein Herz nur schwerer werden ließ. »Danke, dass du dich um die Rentiere kümmerst. Sag ihnen einen lieben Gruß von mir, ja?«

Ich schluchzte und wandte blitzschnell mein Gesicht von den beiden ab, tat so, als wäre das Gewürzregal über dem Herd plötzlich enorm faszinierend. Ich war manchmal einfach zu sentimental.

»Mach ich«, antwortete Lian. »Ich beeile mich und bin in hoffentlich einer Stunde wieder hier.« Er stellte seine Tasse auf den Tisch und ich winkte ihm zu, als er aus der Küche trat.

Kapitel 27

Ich war dabei, ein Blech aus dem Ofen zu holen, als jemand von außen gegen die Haustür hämmerte. Beinahe hätte ich vor Schreck die Plätzchen fallen lassen oder mich verbrannt, stellte sie aber flugs auf der Herdplatte ab, um zur Tür zu eilen.

Panisch riss ich dir Tür auf und sah in Lians erschöpftes Gesicht.

»W-was ist los?«, stammelte ich nervös. »Geht es dir gut?« Panik sammelte sich in meinem Nacken und rieselte eiskalt meinen Körper hinab. Urplötzlich spürte ich meine Gliedmaßen nicht mehr vor Kälte.

Er nickte, lehnte die Ellenbogen auf seine Knie und keuchte. »Außer ... Puste«, erklärte er tonlos und ich machte einen Schritt zur Seite.

»Komm erstmal rein, die kalte Luft zerfetzt dir noch deine Lunge.«

»Hast du Empfang?«, fragte er, als er sich langsam beruhigt hatte. Ich stand noch immer mit den Topflappen in der Hand da, unfähig mich zu bewegen.

»Ob ich - was?« Ich schluckte. »Was ist denn los?«

Plötzlich bewegte sich die Küchentür und Edward humpelte auf seinen Krücken zu uns. »Ist alles okay mit den Tieren?« Panik stand ihm ins Gesicht geschrieben, er schluckte und atmete schwer.

Lian nickte. »Ja, ich denke schon. Aber die Scheune ...« Lian atmete einmal tief ein und aus, ehe er sich endlich aufrichtete. »Das Dach ist an einer Stelle eingestürzt. Wir brauchen unbedingt Unterstützung, allein können wir es nicht reparieren.«

Edward wurde bleich und gab einen japsenden Ton von sich. »Oh nein«, keuchte er und zeigte auf die Treppe. »Ich muss mich setzen.«

Sofort sprang ich ihm zur Hilfe, um ihn zu stützen, damit er nicht wegrutschte. »Okay«, ich fasste mir an die Stirn und wischte mir über das Gesicht, um wieder klarer zu werden.

»Wartet hier.« Ich verschwand in der Küche, um Lians und mein Handy zu holen, drückte ihm seines in die Hand. »Ruf du Ben bei der Feuerwache an, ich versuche, meinen Dad zu erreichen.«

»Oben«, murmelte Edward, der bloß starr in die Luft sah.

Ich ging vor ihm in die Knie und sah ihm in die Augen. »Was, Edward?« Sorge fraß sich durch meinen

Körper und ich versuchte, die Fassung zu bewahren. Edward schien einem Nervenzusammenbruch nahe zu sein. Sein Blick war starr, die Hände zitterten und er atmete zu schnell.

Er schluckte und schüttelte den Kopf, als ich ihm vorsichtig eine Hand auf die Schulter legte, um sachte an ihm zu rütteln. »Entschuldige. Oben. Ihr müsst nach oben gehen, da ist es am wahrscheinlichsten, dass ihr Empfang bekommt.«

»Okay«, antwortete Lian und zog sich in Windeseile seine Kleidung aus, bevor er mir die Treppe hinauf folgte.

Im oberen Stockwerk lief ich bis zum äußersten Raum und in dem Moment, in dem meine Hand die Türklinke berührte, prasselte eine weitere Erinnerung aus meiner Kindheit auf mich ein. Gemma und ich hatten in diesem Zimmer gespielt, als wir hier zu Besuch waren. Warum nur hatte ich das alles vergessen? Ich musste in meiner Erinnerung um die vier Jahre alt gewesen sein und plötzlich sah ich Edwards verstorbene Frau Heather vor meinem geistigen Auge. Sie hatte uns selbstgebackene Plätzchen gebracht. Im Hochsommer hatte sie in der Küche gestanden, um Kekse zu backen. Sie war mir komplett aus dem Gedächtnis entflohen und kam jetzt urplötzlich wieder.

Ich spürte Lians Hand in meinem unteren Rücken, die mich sanft schob. »Was ist los, Genevieve?«, fragte er mit Nachdruck. »Geh weiter, wir haben keine Zeit zu verlieren.«

Verdattert nickte ich, holte tief Luft und drückte die Klinke herunter, um den Raum zu betreten. Es war stockfinster im Raum, was an den dicken, zugezogenen Vorhängen lag. Lian schritt auf diese zu und zog sie zur Seite, stellte sich nah ans Fenster und hielt sich sein Smartphone ans Ohr. »Es tutet«, informierte er mich erleichtert und zeigte mit dem Zeigefinger auf das Handy in meiner Hand. »Na los doch«, forderte er mich auf und ich erkannte an seinem Blick, wie meine geistige Abwesenheit ihn verwirrte.

Ich streckte den Rücken durch und ließ den Blick kurz über die deckenhohen Bücherregale gleiten. Unter unseren Füßen lag noch derselbe runde Teppich, der in meiner Erinnerung auftauchte. In meinen Fingern kribbelte es vor Aufregung, obwohl ich mir diese Nervosität nicht erklären konnte. Mein Körper spielte mir einen Streich und ließ mich frösteln, einfach nur, weil ich mich an etwas Belangloses erinnerte.

»Ben«, rief Lian laut ins Handy. »Ben, hörst du mich?« Kurze Stille. »Ja, hier ist Lian, wir haben einen Notfall auf der *Penfold Rentierfarm.*« Seine Stimme wurde immer lauter. »Das Scheunendach ist teilweise eingestürzt - vermutlich unter der schweren Schneelast«, informierte er Ben kurz und knapp. »Danke«, rief er erleichtert ins Handy und legte auf. Er schritt auf mich zu und fasste mich bei den Schultern. »Was ist denn mit dir los?« Sein durchdringender Blick ließ mich schlucken und ich fuhr mir nervös durch die Haare.

»Ich habe mich wieder an etwas erinnert«, beichtete ich leise und wich seinem Blick aus, indem ich auf meine Fußspitzen starrte.

Lian atmete schwer aus, fasste sanft unter mein Kinn, um es anzuheben, damit ich ihm wieder in die Augen sah. Er legte Verständnis in seinen Blick. »Okay, erzähl es mir, wenn wir die Katastrophe abgewendet haben, ja?«, bat er.

Ich nickte erst und schüttelte dann den Kopf. »Sorry«, murmelte ich, wieder klarer im Kopf. »Ich weiß auch nicht, warum mich diese Erinnerungen so außer Gefecht setzen, es sind einfach nur Kindheitserinnerungen.«

»Manchmal ist das eben so«, lächelte er und für eine Millisekunde legte sich ein Trauerschleier über seinen Blick.

»Ich rufe sofort Dad an«, versprach ich und hielt das Handy in die Höhe.

»Okay«, Lian nickte und drückte meine Oberarme, wie um mir zu zeigen, dass alles in Ordnung kommen würde. Wir mussten schleunigst dafür sorgen, dass die Rentiere wieder ein Dach über dem Kopf hatten und nicht noch mehr des Dachs einstürzte.

Kapitel 28

Lian schritt wie ein Tiger im Käfig in der Küche auf und ab, fuhr sich mit den Händen über das Gesicht oder trommelte auf dem Esstisch herum. Seine Nervosität trieb mich fast in den Wahnsinn, aber ich ließ es ihm durchgehen. Seitdem er Ben und ich meinen Dad angerufen hatte, war über eine Stunde vergangen und das Netz war plötzlich tot. Es dämmerte und die Dunkelheit würde nicht mehr lange auf sich warten lassen.

»Ich hätte früher zur Scheune gehen sollen«, wütete Lian und verzog verärgert das Gesicht. »Und ich sollte jetzt hingehen und die Rentiere ins Freie bringen.«

»Du kannst nichts dafür, Junge«, erwiderte Edward, der, den Kopf in die Hände gestützt, auf die Tischplatte starrte. »Niemand kann etwas für den Schnee. Bring dich bitte nicht in Gefahr, indem du allein dort hinaufstapfst.«

»Edward hat recht«, pflichtete ich ihm bei. »Du kannst nichts dafür, dass das Dach eingestürzt ist. Du hast getan, was du tun konntest. Es bringt nichts, wenn wir jetzt bei diesem Sturm allein zur Scheune gehen. Wir bringen uns doch nur selbst in Gefahr, wie Edward schon sagt«, erklärte ich eindringlich, aber mit einem Zittern in meiner Stimme. »Es wäre dumm und außerdem kann man seine eigene Hand nicht vor seinen Augen sehen. Wir brauchen Bens helle Strahler«, ergänzte ich.

»Aber die Rentiere«, beharrte Lian, »was, wenn noch mehr Teile des Daches einstürzen?«

Edward antwortete mit gefasster, trauriger Stimme. »Wir müssen hoffen und beten, dass dies nicht geschieht.«

»Hoffen«, schnaubte Lian, »auf was denn? Auf ein Wunder, dass die alten Balken wie durch einen Zauber noch halten? Weihnachtswunder gibt es nur in Märchen«, spottete er und der Umschwung seines Gemüts bereitete mir Unbehagen. Ich wusste nicht warum, aber es war, als würde Lian sich selbst die Schuld daran geben.

Plötzlich kamen mir die Worte der älteren Frau in den Sinn, mit der ich mir auf meinem Weg nach Sparkle Heights das Abteil geteilt hatte. »Wenn eines auf dieser Welt beständig ist, dann ist es die Hoffnung«, wiederholte ich ihre Worte, stand auf und ging auf Lian zu.

»Ich muss sie retten«, hauchte er und plötzlich sammelten sich Tränen in seinen Augen. »Dieses Mal habe ich die Möglichkeit dazu.« Seine Stimme war nicht mehr als ein Flüstern und seine Worte schnürten mir die Kehle zu, auch wenn ich sie nicht verstand.

»Wovon redest du da, Lian?«, murmelte ich und streckte mich zu ihm hoch, um seinen Kopf tröstend gegen meine Schulter zu drücken. Irgendetwas war soeben mit Lian geschehen. Die Situation löste etwas in ihm aus und es brach mir das Herz, ihn so traurig zu sehen.

»Sie sind da«, unterbrach Edward uns und zeigte auf das Fenster, durch das man in der Ferne Scheinwerfer erkannte.

»Endlich!« Erleichtert stieß Lian Luft aus und räusperte sich. »Danke«, murmelte er, umfasste meine Wangen mit seinen eiskalten Händen und gab mir einen kurzen Kuss auf die Stirn, bevor er in den Flur rannte, um sich anzuziehen.

»Wofür?«, murmelte ich mir selbst zu und sah ihm nach, ehe ich mich aus meiner Starre befreite, um ihm zu folgen. »Ich helfe«, entschied ich und hob den Zeigefinger hoch, als er mir widersprechen wollte. »Nein, ich werde helfen, Lian.«

Ich erkannte in seinem Blick, dass er mit sich selbst haderte, doch er knickte ein und schluckte seine Widerworte nach längerem Warten herunter. »Okay.«

Ich hörte den Motor des großen Transporters. »Sie sind schon da«, nuschelte ich, schnürte mir die Schuhe fest zu und zog den Reißverschluss meiner Jacke bis nach oben. »Dann mal los«, sagte ich und schaute Lian für einen kurzen Moment entschlossen in die Augen.

»Dann mal los«, wiederholte er nickend und verließ vor mir das Haus.

»Wir kommen nicht näher ran«, brüllte Sam uns entgegen, als wir uns, gegen den Wind gelehnt, auf ihn zu bewegten.

»Richtig«, rief Lian, »ab hier müssen wir laufen.«

»Fuck«, fluchte Ben laut und stampfte mit den Füßen auf. »Dann mal los.« Er drehte sich zu seinen Kollegen um, die auf Anweisung warteten. »Wir müssen alles zur Scheune tragen«, unterrichtete er diese und zeigte erst auf die vollgepackte Ladefläche und dann den Hang hinauf, auf dem die Scheune lag.

»Was ist das alles?«, fragte ich laut und hielt mir die Hand vor das Gesicht, da der Schnee mir schmerzhaft gegen die Haut peitschte. Lian war derweil zur Fahrerkabine gegangen, um zwei Helme mit Stirnlicht zu holen, schaltete sie ein und hielt mir einen davon hin.

»Balken, Bretter, Werkzeuge und die große Leiter von deinem Dad«, zählte Ben laut auf, während er einen ganzen Batzen Bretter schulterte. »Wir müssen das Dach erstmal stabilisieren, dass es den Sturm überlebt.« Er zeigte auf einen Werkzeugkoffer. »Kannst du den tragen?«

Ich lief zur Ladefläche, während ich den Helm unter meinem Kinn festschnallte und zog den Werkzeugkoffer zu mir, wobei ein scharrendes Geräusch entstand. *Scheiße, das Ding wog mindestens so viel wie ein Babyrentier.*

»Ja«, presste ich hervor und versuchte mir nicht anmerken zu lassen, wie meine Oberarme nach den ersten Sekunden brannten. Ich sah noch einmal zur Ladefläche und erkannte, dass dies aber das Einzige war, das ich tragen konnte. Sämtliche Balken und Bretter waren zu lang und unhandlich und würden mir bei dem Wind das Gleichgewicht nehmen.

Ich biss die Zähne zusammen, ignorierte den Schmerz und folgte den Männern zur Scheune. Die Dunkelheit hatte mittlerweile eingesetzt und das Einzige, das ich erkannte, waren sechs Lichtstrahlen inklusive meinem eigenen, in denen der Schnee wütete und die sich die leichte Steigung zur Scheune hinauf bewegten. Es fiel mir unter der Anstrengung schwer zu atmen und die kalte Luft schmerzte in meinem Brustkorb.

Je weiter wir kamen, desto näher war ich daran, aufzugeben. Meine Hände klammerten sich krampfhaft um den Tragebügel aus Aluminium und ich schaffte es kaum mehr, die Ellenbogen einzuknicken. Dazu kam, dass der Schnee mir mittlerweile bis zur Mitte der Oberschenkel reichte und ein Durchkommen fast unmöglich war. Ich schlängelte mich durch die Spuren der anderen und hoffte, dass wir endlich die verdammte Scheune erreichten.

»Alles okay, Genevieve?«, hörte ich plötzlich Lians entfernte Stimme und einer der Lichtstrahlen blendete mich.

»Ja, verdammt«, brüllte ich. »Hör auf mich zu blenden«, befahl ich ihm mit zusammengebissenen Zähnen und konzentrierte mich weiterhin darauf, diese dämliche Werkzeugkiste zu ihrem Ziel zu bringen. Vielleicht konnte ich nicht viel ausrichten, aber ich würde auf gar keinen Fall aufgeben. Das Licht änderte seine Richtung und ich erkannte, dass ich es bald geschafft hatte. Die Männer wuselten auseinander und begutachteten den Schaden des Einsturzes, so gut es in der Dunkelheit möglich war.

»Hier«, seufzte ich erleichtert und ließ den Werkzeugkasten im Eingang der Scheune auf dem Boden nieder, wo schon die Bretter und Balken lagen. »Was soll ich tun?«, fragte ich einen der Männer, der zielgerichtet mehrere Werkzeuge aus der Kiste nahm und sie sich an seinen Gürtel schnallte.

Er besah mich mit einem kurzen Blick und überlegte, was er mir für eine Aufgabe geben könnte.

»Bring die Rentiere in Sicherheit«, hörte ich auf einmal Ben aus der Ferne brüllen. Seine Stimme drang nur leise bis zu mir durch. »Aber von außen!«

»Okay«, schrie ich zurück und hechtete ein Stück in die Scheune herein, um mir sämtliches Zaumzeug über die Schultern zu werfen. Schließlich rannte ich von außen um die Scheune herum zur ersten Stalltür. Gott sei Dank gab es an jeder Box eine Tür, die direkt nach draußen führte. So musste ich mich selbst nicht in unmittelbare Gefahr begeben.

Ich rüttelte am ersten Schiebeschloss, das sich nur sehr schwer öffnen ließ. »Verdammte Drecksscheiße«, fluchte ich laut, stampfte auf dem Boden auf und wischte mir ein paar nasse Haarsträhnen aus dem Gesicht, die sich aus meinem Zopf gelöst hatten und mir die Sicht erschwerten. Ich hing mein gesamtes Gewicht an den großen Riegel und gab einen lauten, fast animalischen Ton von mir, bis sich das Schloss endlich bewegte.

Erleichtert riss ich die Stalltür auf und sah in Cupids schwarze, angsterfüllte Augen. »Alles ist okay«, sprach ich sanft auf ihn ein und hob vorsichtig die Hände in die Luft, um ihn zu beruhigen. »Komm her, Cupid«, bat ich ihn leise und er schnaubte, trat aber zaghaft einen Schritt auf mich zu. Langsam zog ich mir eins der Zaumzäume von der Schulter, ließ Cupid dabei keine Sekunde aus den Augen. »Ich werde dir das hier jetzt umlegen, okay Kumpel?«, redete ich weiter bedacht auf ihn ein, obwohl mir mein Herz vor Angst praktisch aus der Brust sprang. Das Rentier schnaubte erneut und senkte nach wenigen Sekunden den Kopf, wie um mir zu zeigen, dass er mir die Erlaubnis gab, ihn zu berühren. Während ich das Band um seinen Kopf schnallte, sprach ich weiter zu ihm, um ihm und auch mir, ein wenig die Furcht zu nehmen. »Danke dir. Und jetzt komm. Langsam.«

Ich verließ, die Leine fest umklammert, rückwärts die Box und Cupid folgte mir Schritt für Schritt. »Großartig«, lobte ich ihn. »Das machst du ganz wunderbar.« Ich kämpfte mich rückwärts durch den hohen Schnee und auch wenn Cupid ein Rentier war, war das Durchkommen für ihn ebenfalls schwierig. Er war kaum mehr als einen Meter von mir entfernt und doch erschwerte der Schneefall mir die Sicht auf ihn. Gemeinsam schafften wir es bis zu dem überdachten Futterplatz. Ich rüttelte kurz an diesem, um seine Standhaftigkeit zu checken, und atmete erleichtert aus, als dieser sich nicht bewegte.

»Ich werde dich jetzt hier anbinden und deine Familie holen, okay?«, erklärte ich ihm und er wieherte kurz und stupste mich dankbar mit seiner Schnauze an.

Tränen stiegen mir in die Augen und bahnten sich ihren Weg über meine Wangen, wo sie festzufrieren drohten. »Ich werde sie holen, versprochen.«

Kapitel 29

Es fehlte nur noch Sven. Mittlerweile hatte ich das laute Sägen und das unaufhörliche Hämmern der Männer aus meiner Wahrnehmung ausgeschlossen. Das einzige Geräusch, das ich nicht ausblendete, war der unaufhörlich tosende Wind, der nicht zur Ruhe kam.

Immer, wenn ich ein weiteres Rentier sicher zum Zaun gebracht hatte, versuchte ich trotz der Dunkelheit zu erkennen, wie die Männer das Dach der Scheune stabilisierten. Sie riefen sich Anweisungen zu, schleppten, werkelten, kletterten die Leiter herauf und herunter. Es musste mittlerweile über eine Stunde Zeit ins Land gegangen sein, doch sie zeigten keinerlei Ermüdung. Ich für meinen Teil war erschöpft und sehnte dem Ende dieser Rettungsaktion entgegen. Nur noch ein Rentier, dann waren sie alle sicher. Selbst wenn das Dach dann einstürzte, würde keines der Rentiere verletzt werden. Ich legte einen Zahn zu und lief, so schnell es mir gelang, zu Svens Box am anderen Ende der Scheune. Auch das Schloss seiner Tür war enorm korrodiert und es kostete mich immense Kraft, den Riegel zu verschieben.

»Jetzt mach schon«, ächzte ich mit brennenden Muskeln, als das letzte Schloss aufglitt und ich die Tür aufzog. Zum zehnten Mal sah ich in schwarze, von langen Wimpern umrahmte Augen, die mich so voller Sorge anblickten. Sven scheute und trat einen Schritt zurück. Er hatte Angst, weil er nicht wusste, was als Nächstes geschehen würde. »Alles ist okay«, sprach ich ruhevoll auf ihn ein, wie auch schon auf die anderen Rentiere, die sicher am Futterplatz standen.

Svens Blick war voller Skepsis, er bewegte den Kopf auf und ab und tippelte dabei nervös hin und her. Seine Beunruhigung sprang ein wenig auf mich über. Meine Nerven waren zum Bersten gespannt und ich spürte, wie die Kraft mich zu verlassen drohte. Ich holte einmal tief Luft, um mich selbst zu beruhigen, auch wenn die Eiseskälte sich in meiner Lunge festsetzte.

»Hoo hoo.« Mit tiefer Stimme machte ich einen Schritt auf Sven zu und hob die Hand zu seinem Brustkorb. Er ließ mich näher an sich heran und ich klopfte ihm vorsichtig den Hals. »Alles wird gut, Sven. Vertrau mir.«

Sven schnaubte, die Augen waren weit aufgerissen,

was mir zeigte, wie gestresst er war. Das konnte ich ihm auch nicht verübeln, immerhin war er der letzte seiner Familie, der noch hier war. Er konnte nicht wissen, was jetzt geschah und musste Vertrauen zu mir fassen.

»Darf ich dir das hier umlegen?«, fragte ich ihn und hob die Hand zu meiner Schulter, um das Zaumzeug herunter zu nehmen. Sein Blick folgte meinen Bewegungen und er senkte langsam den Kopf. »Ich mache auch ganz vorsichtig«, versprach ich, während ich ihm das gebisslose Kopfgestell umlegte. Langsam fädelte ich den Lederriemen durch die Schnalle und zog es so straff wie nötig, ohne ihn einzuengen. Auf keinen Fall durfte ich ihm jetzt das Gefühl geben, ihn zu etwas zu zwingen. »Super machst du das«, redete ich weiter und klopfte ihm erneut seitlich gegen den Hals.

»Komm, Sven«, bat ich ihn und griff vorsichtig nach den Zügeln, ohne den Blick von seinen Augen zu nehmen. Ich trat einen Schritt zurück und zog sachte an dem Seil, um ihn zum Mitkommen zu bewegen. Als er den ersten Huf nach vorn setzte, durchströmte mich ein Glücksgefühl, das mir neue Kraft schenkte. Nur wenige Schritte und wir beide waren in Sicherheit. Sven zuckte leicht zusammen und blieb abrupt stehen, als es schräg über uns erneut laut hämmerte und einer der Männer irgendetwas brüllte, das ich nicht verstand.

»Hoo, hoo«, beruhigte ich ihn und beherrschte mich weiterhin, den Blick nicht von seinem Gesicht abzuwenden. »Das sind nur Lian, Ben und seine

Kollegen, die dein Zuhause retten. Alles ist in Ordnung, Kleiner«, erklärte ich ihm und setzte einen Schritt zurück. Nur noch ein weiterer und ich war wieder dem Sturm ausgesetzt. Dieser pfiff mir sogleich um die Ohren und peitschte mir die kleinen Eiskristalle ins Gesicht, doch ich spürte schon lange keinen Schmerz mehr. Meine Haut war mittlerweile vor Kälte taub geworden und das Adrenalin, das durch meinen Körper strömte, war Grund dafür, dass ich überhaupt durchhielt.

Schließlich und endlich folgte mir Sven nach draußen und schnaubte, als ihm der Wind um die Ohren pfiff. Ich hatte zu wenig Ahnung von Rentieren und sorgte mich, dass sie bald froren. Konnten sich Rentiere erkälten? Sie waren wilde Tiere, aber dieser Sturm würde gewiss seinen Tribut fordern und so schön die Natur war, so grauenhaft konnte sie sein.

»Du machst das prima«, lobte ich Sven, »schau, dort sind auch Dasher, Dancer, Prancer, Vixen, Comet, Cupid, Donner, Blitzen und Rudolph. Sie warten schon auf dich.« Als Antwort hob und senkte er wiehernd seinen Kopf, was mir beinahe die Zügel aus den behandschuhten Händen gerissen hätte.

Wenige Augenblicke später hatte ich ihn festgebunden und noch einmal die Knoten der anderen Rentiere kontrolliert.

Gott sei Dank war keines von ihnen durchgedreht und davon galoppiert. Ich stemmte die Hände in die Hüften und ließ die Schultern sinken, die ich aus Anstrengung unbemerkt bis zu den Ohren hochgezogen hatte. Sofort durchströmte mich ein Schmerz. Auf einmal spürte ich jeden Knochen und jeden Muskel meines Körpers und sie alle schienen mich wütend anzuschreien. Ich schob den dicken Ärmel der Jacke ein Stück hoch, um auf meine Armbanduhr zu schauen. Es mussten an die anderthalb Stunden vergangen sein. Seufzend strich ich mir die klitschnassen Haarsträhnen unter den Helm, wobei mich der harte Stoff der Handschuhe kratzte.

»Ihr müsst jetzt leider erstmal hierbleiben«, erklärte ich den Rentieren, »zumindest so lange, bis ihr in eurer Scheune wieder sicher seid.« Ich schaute jeden Einzelnen von ihnen an, unfähig, mich von ihnen zu trennen. Es war, als würde eine innere Stimme zu mir sprechen und mir sagen, dass ich mehr tun musste. Aber was?

Zwar standen die Rentiere halbwegs geschützt unter dem Dach des Futterplatzes, welcher unter ein paar großen Tannen stand, die den größten Schnee aufhielten. Doch wer wusste schon, wie lange noch. Und dann fiel mir ein, was ich Weiteres machen konnte.

Wie von der Tarantel gestochen drehte ich mich um und stapfte durch den hohen Schnee zurück zur Scheune. Im Eingangsbereich war mir vor ein paar Tagen ein Stapel Decken aufgefallen.

Ich betrat die Scheune und blinzelte in die Dunkelheit, suchte mithilfe meines Helmstrahlers die Regale ab und wurde fündig. »Ah, da sind sie«, freute ich mich und mein Herz klopfte aufgeregt. Ich zog den Stapel heraus, unter dessen Gewicht ich beinahe zu Boden gedrückt wurde.

»Oh Gott, okay. Ich gehe zwei Mal«, murmelte ich mir selbst zu und zählte fünf Decken ab, mit denen ich zurück zu den Rentieren eilte. Ich startete bei Cupid und legte ihm eine Decke über den Rücken und fuhr in der Reihenfolge weiter, wie ich sie aus ihren Boxen geholt hatte. Danach schleppte ich einen zur Hälfte gefüllten Futtersack zu ihnen, und verstreute es in die Behälter vor ihren Mäulern. Eine halbe Stunde später war ich fertig und fühlte mich wohler. Vielleicht war es nicht das Beste, das ich für sie tun konnte, aber es war das Beste, das mir gerade möglich war.

»Ich lasse euch jetzt allein, ihr Süßen«, verabschiedete ich mich und erntete vereinzeltes Schnauben. »Passt heute Nacht gut auf euch auf«, bat ich die Tiere und machte mich auf den Weg zu Lian, Ben und Co, um dort mitzuhelfen.

Kapitel 30

»Danke, Mann.« Lian klopfte Ben kameradschaftlich auf die Schulter, als wir unter dem geschützten Vordach von Edwards Haus standen.

»Keine Ursache«, lächelte Ben erschöpft und trommelte auf seinen Helm, den er sich unter dem Arm geklemmt hatte. »Das ist unser Job.«

»Trotzdem danke«, bestärkte ich Lians Aussage und nickte Ben zu.

»Ihr fahrt heute aber nicht mehr zurück, oder?«, erkundigte sich Ben besorgt und schielte zu Lians Auto, das unter einer fetten Schicht aus Schnee begraben dastand.

»Ich denke nicht.« Lian schüttelte erschöpft den Kopf. »Kommt gut ins Tal.«

»Machen wir«, versicherte Ben und tippte sich im Weggang mit Zeige- und Mittelfinger an die Stirn.

»Bis bald«, rief ich ihm hinterher, ehe ich mich erschöpft mit dem Rücken gegen die Haustür sinken ließ. »Was für ein Abend«, seufzte ich.

Lian drehte sich zu mir um und besah mich mit einem Blick, der mir trotz der Kälte eine innere Wärme schenkte. Er überbrückte den letzten Abstand zwischen uns, zog seine Handschuhe aus und stopfte sie in die Jackentasche. Vorsichtig hob er sie an mein Gesicht und strich mir mit den Daumen über die Wangen. »Deine Haut ist so eiskalt«, hauchte er.

»Liegt wohl ... am Schnee?«, wisperte ich nervös und schluckte.

Lian lachte kehlig und schloss kurz die Augen. »Das liegt auf der Hand. Du hast das mit den Rentieren einfach großartig gemacht, Genevieve«, lobte er mich und hielt meinen Kopf fest in seinen Händen, sodass ich meinen Blick vor lauter Nervosität nicht abwenden konnte.

»Danke«, nuschelte ich verlegen.

Ohne Vorwarnung beugte er sich zu mir herunter und drückte mir einen sanften Kuss auf den Mund. Ich spürte die Wärme seiner Lippen auf meinen und hob die Hände, um sie in seine Jacke zu krallen. Ich war so erschöpft und fühlte gleichzeitig dieses aufgeregte Kribbeln in mir, das meinen ganzen Körper zum Beben brachte.

»Ich danke dir«, hauchte er an meine Lippen und als ich die Augen öffnete, sah ich, dass seine plötzlich glasig waren.

Erschrocken holte ich Luft. »Lian, ist alles in Ordnung?«

Lian seufzte leise und ließ seine Stirn gegen meine fallen. »Lass uns reingehen«, umging er die Frage.

»Okay«, erwiderte ich vor den Kopf gestoßen und drehte mich schnell um, damit er nicht merkte, wie unangenehm es mir war, dass er meiner Frage zum zweiten Mal auswich.

»Hey«, er griff nach meinem Handgelenk, um mich wieder zu sich zu drehen. »Ich erzähle es dir, okay? Versprochen.«

»Ja, okay«, raunte ich, da mir sein trauriger Anblick fast selbst die Tränen in die Augen jagte. Was auch immer mit ihm los und was auch immer ihm zugestoßen war, es zu erfahren, jagte mir schon jetzt Furcht ein. Es war eine Sache, sich jemandem anzuvertrauen. Es war aber eine andere, wenn man derjenige war, dem Dinge anvertraut wurden. Man ging ein unausgesprochenes Versprechen ein und es bereitete mir eine Heidenangst, dass ich dieser Mensch für Lian sein wollte. Ich wollte für ihn da sein, wollte ihm den Rücken stärken, zusammen mit ihm lachen und weinen. Ja, es jagte mir eine Heidenangst ein, dass ich mich in Lian verliebt hatte, ohne sein größtes Geheimnis zu kennen.

Er griff an mir vorbei zur Klingel, da keiner von uns einen Schlüssel mitgenommen hatte. Wenige Augenblicke später öffnete uns Edward die Tür.

»Kommt rein, Kinder«, bat er müde.

»Danke«, murmelte ich ihm zu und entledigte mich wie in Trance meiner dicken Winterkleidung.

»Kommt und wärmt euch auf. Ich habe Tee aufgesetzt und Suppe für euch aufgewärmt«, erzählte er uns geknickt. »Mehr konnte ich ja leider nicht tun.«

»Edward«, seufzte Lian, »mach dir bitte keine Vorwürfe. Wir haben die Scheune stabilisiert und Genevieve hat alle Rentiere sicher an den Zaun unter den großen Tannen festgebunden. Morgen sehen wir weiter. Tee und Suppe klingt perfekt.«

Bei Lians Worten traten nicht nur mir die Tränen in die Augen, auch Edward schluckten und nickte. »Euch schickt der Himmel«, schluchzte er plötzlich und eine Träne rann seine alte, runzlige Wange herab und verfing sich in seinem weißen Bart.

»Suppe klingt prima«, flüsterte ich leise und strich seine Wange trocken. »Komm, ich halte dir die Tür auf«, bot ich an und ging voraus, damit Edward mit seinen Krücken leichter durch die Tür gelangte.

Während wir alle am Esstisch saßen und unsere Suppe löffelten, herrschte Totenstille. Jeder von uns war in seine eigenen Gedanken versunken und ich spürte, wie ich langsam auftaute. Das Blut in meinen Händen pulsierte und die Haut war mittlerweile krebsrot. Zum Ende hin hatten die dicken Handschuhe nichts mehr gebracht und jetzt trat langsam der Schmerz ein.

Lian räusperte sich und ergriff als Erster das Wort.

»Wir können heute nicht mehr ins Tal fahren«, erklärte er leise und Edward griff sofort nach seinen Krücken, um aufzustehen.

»Ja, natürlich. Selbstverständlich könnt ihr hier bleiben. Entschuldigt bitte, die Sorge um meine Rentiere macht einen miserablen Gastgeber aus mir.«

»Das ist nur allzu begreiflich«, lächelte ich ihn verständnisvoll an.

»Ich habe zurzeit leider kein richtiges Gästezimmer, da ich beim Umräumen und Renovieren war, als mir der Unfall passierte«, als Unterstreichung zeigte er auf sein Bein. »Aber das Sofa im Wohnzimmer kann man ausklappen, Bettwäsche habe ich genug.«

»Danke, das reicht uns vollkommen«, nickte ich ihm zu und ließ den Löffel in meine leere Schüssel fallen. »Wo finde ich die Bettwäsche?«, fragte ich nach, während ich schon den Stuhl zurückschob.

Edward war zwar schon aufgestanden, doch ich zeigte auf seinen Stuhl.

»Du musst dich nicht extra die Treppe hoch quälen, setz dich bitte wieder hin«, lächelte ich ihn an.

Er ließ sich stöhnend auf den Stuhl zurückfallen. »Erste Tür links. Dort sind Decken, Kopfkissen, Bettwäsche und Handtücher«, zählte er auf.

»Alles klar, hole ich«, murmelte ich müde.

»Und ich wasche fix ab«, erklärte Lian und sammelte die Schüsseln ein.

Edward seufzte ergeben. »Womit hab ich euch nur

verdient?«

»Bedank dich bei Elaine«, lachte ich und blinzelte ihm zu.

»Das werde ich«, lächelte Edward endlich wieder.

»Oh ja, ich auch«, schmunzelte Lian und zwinkerte auffällig in meine Richtung. Sofort tanzten die Rentiere in meinem Bauch wieder Tango, was eine Hitze durch meinen gesamten Körper jagte. Ich wusste, worauf er hinauswollte. Ohne Elaine und ohne die jährliche Wohltätigkeitsveranstaltung hätten wir uns vermutlich niemals kennengelernt. Zumindest nicht auf diese Art und Weise. Vielleicht wären wir uns nie über den Weg gelaufen. Sparkle Heights war zwar eine Kleinstadt, die Möglichkeit bestand aber trotzdem, dass man sich niemals traf. Zumal ich in New York war, als Elaine ihn zu sich geholt hatte.

»Bettdecke besorgen ich und so«, stammelte ich nervös und lief rot an. *Das konnte doch nicht wahr sein!* Warum schaffte Lian es immer wieder mit den kleinsten Worten, dass ich mich in Yoda verwandelte? Bevor irgendjemand etwas erwiderte, sprintete ich aus dem Raum, schaltete im Flur das Licht ein und stapfte die Treppe hoch.

»Wie peinlich«, brabbelte ich leise und biss mir gleichzeitig auf die Lippen, um das fette Grinsen im Zaum zu halten.

Kapitel 31

Nervös war gar kein Ausdruck!

Just in dem Moment, in dem ich, vollgepackt mit Bettzeug, die Treppe herunter stakste, fiel es mir wie Schuppen von den Augen: Ich würde die nächste Nacht mit Lian verbringen. Zwar in Edwards Wohnzimmer und auf einem alten Klappsofa, aber es würde unsere erste gemeinsame Nacht sein. Und hoffentlich nicht die Letzte.

Nachdem wir gemeinsam die Bettdecken bezogen und die Couch nach Edwards Anweisungen ausgeklappt hatten, schnappte ich mir ein Handtuch und entschuldigte mich.

Das Wasser hatte eine Weile gebraucht, bis es warm wurde und da ich nicht Edwards Männer-Duschgel verwenden wollte, das männlich herb roch, hatte ich kurzerhand nach dem Stück Kernseife gegriffen, das zum Händewaschen da war. Zwar umhüllte mich jetzt kein angenehmer Duft, aber ich fühlte mich sauber und wieder etwas aufgewärmt.

Ich schlüpfte in meine Kleidung, da ich nichts anderes hatte, und lief nervös zurück ins Wohnzimmer.

Dort saß Lian auf dem Boden vor dem Kamin, in dem er oder Edward ein Feuer entfacht hatte. Er schien so in Gedanken versunken, dass er mich nicht bemerkte, also räusperte ich mich, um meine Rückkehr anzukündigen.

»Hey«, murmelte ich und griff mir nervös in den unordentlichen Dutt, den ich mir gezaubert hatte, damit meine Haare nicht so nass wurden.

»Hey«, antwortete er erschöpft, aber mit einem Lächeln. »Edward ist schon im Bett, ich soll dir eine angenehme Nacht wünschen. Ich springe dann auch schnell unter die Dusche.« Er zeigte auf das Sofa. »Edward hat dort ein großes Holzfällerhemd, eine Pyjamahose und dicke Wollsocken für dich hingelegt, damit du nicht in deiner klammen Jeans schlafen oder in Unterhose frieren musst.«

Ich biss mir auf die Unterlippe und nickte. »Okay.« Es machte mich nervös, ihn von meiner Unterwäsche reden zu hören.

Lian hievte sich stöhnend hoch und streichelte im Vorbeigehen über meinen Oberarm, als er sich das Handtuch griff, das ich für ihn auf der Sofalehne abgelegt hatte, und den Raum verließ.

Ich blieb wie angewurzelt stehen und lauschte, dass er die Treppe hinaufging, ehe ich mich aus der Starre löste und mich blitzschnell umzog. Dabei fiel mein Blick auf meine Unterwäsche und ich stöhnte. Ich musste wirklich aufhören, mir Slips mit Cartoonfiguren darauf zu kaufen, egal, wie gemütlich sie auch waren. Gestern Snoopy, heute der Grinch. Wenn irgendjemand in Sparkle Heights erfuhr, dass mir der Grinch von der Pobacke lachte, würden sie mich aus der Stadt jagen. Der Inbegriff des Weihnachtshasses und Sparkle Heights passten einfach nicht zusammen.

Umgezogen setzte ich mich auf ein Kissen vor den Kamin und beobachtete die tanzenden Flammen, als Lian keine zehn Minuten später wieder da war.

»Hey«, murmelte er.

»Hey«, grinste ich und klopfte auf das Kissen neben mir.

Lian schob es stattdessen hinter mich und setzte sich breitbeinig darauf, sodass ich zwischen seinen Beinen saß. Eine Flutwelle an Emotionen strömte durch meinen Körper und ich drehte den Kopf verwirrt zu ihm um. Ich war nicht fähig, einen klaren Gedanken zu fassen und daran war einzig und allein Lian Wright schuld.

»Komm her«, flüsterte er, fasste mich vorsichtig bei den Schultern und drückte mich gegen seine Brust.

Mein Atem wurde schneller und das Herz sprang mir vor Aufregung um Haaresbreite aus der Brust.

Ich versuchte, mir die Nervosität nicht anmerken zu lassen und nach ein paar Minuten hatte ich mich daran gewöhnt, gegen seinen Oberkörper gelehnt dazuliegen. Ich gab mir die größte Mühe, mein Kopfkino auf Sparflamme zu halten und mir nicht auszumalen, wie es wohl ohne Stoff wäre.

»Das ist echt gemütlich«, gähnte ich müde.

Lian lachte lautlos, was ich daran erkannte, dass sein Brustkorb sich hob und senkte. »Ich könnte mich auch daran gewöhnen.«

Ich schluckte und meine Finger wurden taub. Wenn Lian so etwas sagte, wusste ich nicht damit umzugehen.

»Lian?«, fragte ich kaum hörbar, nachdem wir beide für eine Weile in dem Schauspiel des Feuers versunken waren.

Es vergingen einige Sekunden und ich befürchtete schon, er hätte mich nicht gehört, als er schließlich doch antwortete. »Du fragst dich, was vorhin mit mir los war«, sagte er und ich hörte seiner Tonlage an, dass es ihn quälte, die Worte auszusprechen.

»Du musst es mir nicht erzählen«, versicherte ich ihm schnell.

»Ich möchte es aber«, erklärte er leise.

Ich nickte und starrte in die Flammen. Vielleicht fiel es ihm ja leichter, mit mir zu reden, wenn wir uns nicht anschauten. »Okay.«

Er räusperte sich und legte mir einen Arm um den Körper, an dem ich mich sofort festhielt. »Wie du weißt, ist Elaine meine Patentante«, sprach er leise und ich spürte, dass er nach den richtigen Worten suchte.

Als Antwort nickte ich bloß.

»Meine Eltern sind ...«, er stockte und in mir breitete sich eine Angst aus. Ich hatte Angst davor, das Ende dieses Satzes zu hören. »Meine Eltern sind vor ein paar Jahren gestorben«, presste er hervor und ich schlug mir die Hand vor den Mund.

»Oh mein Gott«, hauchte ich, »wie schrecklich, Lian.« Ein dicker Kloß im Hals schnürte mir die Kehle zu.

»Es war ein Autounfall«, spie er aus. »Ein beschissener Autounfall, den sie nur hatten, weil sie -«, er sprach nicht weiter, doch ich spürte, wie er wütend wurde. Seine Hand hatte sich zu einer Faust geballt und ich griff vorsichtig nach ihr, um sie zu halten.

»Was ist passiert?«, hauchte ich leise und mit ruhevoller Stimme. Ich brauchte meine gesamte Selbstbeherrschung, um nicht am ganzen Körper zu zittern.

»Ich hatte meine Abschlussfeier. Auf dem Rückweg gerieten ... wir ... ins Schleudern und prallten gegen einen Baum.«

»Wir?«, wiederholte ich angstvoll und konnte kaum mehr verhindern, dass meine Stimme brach.

»Ich habe überlebt, mein Dad starb noch am Unfallort und meine Mom eine Woche später im Krankenhaus«, flüsterte er und ich hörte, dass er weinte. »Ich habe es nicht mitbekommen, konnte mich nicht verabschieden, weil ich selbst im Koma lag und um mein Leben kämpfen musste.«

Plötzlich spürte ich das Gewicht seines Kopfes auf meiner Schulter und drehte mich zu ihm um, umschlang seinen Oberkörper mit den Armen und drückte seinen Kopf an meine Brust. Lian weinte und auch ich schaffte es nicht, meine Tränen zurückzuhalten. Ich wog ihn sanft hin und her und strich ihm über den Rücken. Es war mir immer schwergefallen, Menschen zu trösten, aber bei Lian war es, als wüsste ich instinktiv, wie ich ihm in diesem Moment Trost spenden konnte. Ich wusste, wie befremdlich Worte in solchen Situationen waren. Man wollte nichts hören, konnte keine Beileidsbekundungen ertragen und würde sowieso keine Worte aufnehmen können. Und so hielt ich Lian einfach in meinen Armen und wartete, bis er sich rührte.

»Entschuldige«, schniefte er und wischte sich mit dem Handrücken über die Augen.

»Bitte entschuldige dich niemals wieder dafür bei mir«, hauchte ich und strich ihm über die Wange.

Er nickte und sah mir direkt in die Augen. Er schämte sich nicht und in diesem Augenblick wusste ich, dass ich in Lian etwas gefunden hatte, das ich niemals gesucht hatte.

»Elaine«, nahm er den Faden wieder auf, »war jeden Tag bei mir im Krankenhaus und holte mich zu sich, da ich es nicht ertrug, allein in Moms und Dads Haus zu wohnen, das mir, seit ihrem Tod, gehört. Sie kümmerte sich um alles. Um sämtlichen Papierkram, um die Beerdigungen und darum, dass ich duschte und aß. Ohne Tante Elaine wäre ich in ein Loch gefallen, aus dem ich niemals wieder herausgekommen wäre.«

Ich schluckte. »Das wusste ich nicht«, gab ich zu. »In welchem Verhältnis standen sich Elaine und deine Eltern?«

»Meine Mom und Elaine haben zusammen in Boston studiert«, erklärte er leise.

»Boston? Doch nicht etwa in Harvard?«, hakte ich ungläubig nach und ein kleines, stolzes Lächeln stahl sich auf seine Lippen.

»Bingo.«

»Wow, das ist cool«, schwärmte ich traurig und bemerkte, dass er sich auf die Lippe biss. »Moment. Jetzt sag mir nicht, du bist auch Harvard-Absolvent?«

Er lachte leise und schüttelte den Kopf. »Nein, ich war in New York auf der -«, wieder stockte er.

»Hm?« Ich legte den Kopf schief und wartete.

Stöhnend atmete er aus. »Auf der Juilliard.«

»Die Ballerina-Schule?« Ungläubig riss ich die Augen auf.

Er verdrehte die Augen. »Wenn du nicht so süß wärst, würdest du jetzt eine Kopfnuss kassieren.«

»Sorry«, lächelte ich verlegen.

»Ich bin, oder besser war, Cellist«, murmelte er und wich plötzlich meinem Blick aus.

»Was heißt *war*?«

»Seit dem Unfall habe ich keine einzige Note mehr gespielt. Mein Cello war eh nur noch ein Trümmerhaufen und ich bringe es nicht über das Herz. Es war die *verdammte* Abschlussfeier der *verdammten* Juilliard, wegen der meine Eltern gestorben sind. Ich konnte ihnen nicht helfen. Alles nur wegen meines *verdammten* Cellospielens.«

»Du weißt, dass dich und dein Cello absolut keine Schuld trifft, oder?«, flüsterte ich und hoffte, nicht die falschen Worte zu wählen.

»Es war ein langer Weg, das zu verstehen.«

»Okay«, hauchte ich.

»Die letzte Erinnerung, die ich an meine Eltern habe, ist ihr stolzer, tränenvoller Blick, als man mir mein Abschlusszeugnis überreicht hatte«, erzählte er mir und schluchzte erneut.

»Sch, sch«, versuchte ich ihn zu beruhigen und zog ihn wieder zu mir heran. Mir war eiskalt und ich dachte an meine Eltern, die hoffentlich wohlauf vor ihrem Kamin saßen. Es war unvorstellbar, auch nur einen von ihnen zu verlieren. Ich konnte nicht nachfühlen, wie Lian fühlte, doch konnte ich versuchen, mich in seinen Schmerz hinein zu versetzen und es schnürte mir die Kehle zu, das Ausmaß seiner Trauer zu erahnen.

Kapitel 32

Direkt am nächsten Morgen halfen wir Edward dabei, den Schaden seiner Versicherung zu melden, die erstaunlich zuvorkommend war. Vielleicht lag das an der Vorweihnachtszeit, in der die Menschen vorwiegend Wert auf ihre Mitmenschen legten. Zu kaum einer anderen Zeit im Jahr flossen so viele Spendengelder, wie im Dezember. Vielleicht hatten wir aber auch einfach nur Glück mit der Bearbeiterin Miss Simmens gehabt, die uns direkt für den Nachmittag einen Gutachter zum Rentierhof schickte.

Als ich im Tageslicht das große Loch im Dach der Scheune sah, wurde mir schwindelig. Die armen Rentiere, die zu dieser kalten Zeit ihr Dach über dem Kopf verloren hatten. Am liebsten hätte ich sie alle zu mir geholt, allerdings endete dieser Wunschtraum, als ich mir vorstellte, wie sich insbesondere der trottelige

Dasher, in den schmalen Stufen meiner Treppe verheddertе.

Mom und Dad waren außer sich vor Sorge gewesen, als ich ihnen haarklein berichtete, was geschehen war. Insbesondere Dad verschlug es die Sprache und er verzog seinen Mund zu einem schmalen Strich. Ich hatte schon fast vergessen, dass zwischen Dad und Edward unausgesprochene Worten standen, die meiner Meinung nach schleunigst aus der Welt geschaffen werden mussten.

Es war der dritte Abend nach der verhängnisvollen Schneesturmnacht und ich saß gemeinsam mit Edward an seinem Esstisch, der über und über mit Papieren versehen war. Wir rechneten hin und her, verglichen Preise von Handwerkerfirmen, Holzpreise und kamen zu dem Entschluss, dass das Geld der Versicherung, trotz der schnellen Bearbeitung, hinten und vorn nicht reichen würde.

Missmutig knallte ich meinen Stift auf den Tisch, auf dessen Ende ich die ganze Zeit herumgekaut hatte. »Verdammt«, fluchte ich und ließ mich gegen die Lehne sinken.

»Es reicht nicht, oder?«, murmelte Edward, der in den letzten Tagen um Jahre gealtert war. Es brach mir das Herz, ihn so verzweifelt zu sehen.

Traurig schüttelte ich den Kopf. »Nein, wir müssen uns irgendetwas anderes einfallen lassen.« Ich warf meinen Kopf in den Nacken, als Lian hinter mir die

Küche betrat. »Hey du«, begrüßte ich ihn missmutig.

»Hey ihr, die Rentiere sind erstmal wieder versorgt«, erklärte er und ließ sich stöhnend auf dem Stuhl neben meinem nieder.

»Immer noch Muskelkater?«, neckte ich ihn und biss mir auf die Zunge, um mein Grinsen zu verstecken.

»Das ist überhaupt nicht witzig«, erwiderte er, konnte sich ein Lächeln aber nicht verkneifen.

Am Morgen nach unserer Rettungsaktion hatten meine Oberarme sich angefühlt, als würden an jedem mindestens zwanzig Kilogramm hängen. Allerdings dauerte der Muskelschmerz bei mir nur zwei Tage an und nicht so lang wie bei Lian.

»Wie läuft's?«, erkundigte er sich.

Edward schüttelte den Kopf. »Es ist ausweglos. Ich kann es mir nicht leisten, das Dach zu reparieren. Nur, wenn -«, wisperte er, schüttelte aber den Kopf und brach ab.

»Wenn du was, Edward?«, bohrte ich nach, immerhin waren wir nicht in der Situation, in der wir viel Spielraum hatten.

»Wenn ich ein paar der Rentiere verkaufe«, nuschelte er traurig und senkte den Blick auf das Papier vor ihm.

»Nein«, Lian schüttelte vehement den Kopf. »Auf gar keinen Fall«, erklärte er voller Inbrunst. »Du wirst keinen von ihnen hergeben müssen, Edward.«

Ich erschrak, als Lian aufsprang, sich sein Smartphone griff, das er erst auf den Tisch gelegt hatte und aus der

Küche verschwand.

»Was macht der Junge?«, fragte Edward mit kratziger Stimme und einem Anflug von Panik im Blick.

Ich zuckte unwissend mit den Schultern. »Ich weiß es nicht, Edward. Ich weiß es nicht.«

Kapitel 33

Das Herz klopfte mir bis zum Hals. Ich erinnerte mich nicht, wann ich das letzte Mal so aufgeregt gewesen war. Was sich Lian für Edward und die Rentiere überlegt hatte, war ohne Scherz grandios. Seine Verschwiegenheit hatte mich an dem Abend fast an den Rand eines Nervenzusammenbruchs gebracht, bis er mich auf dem Nachhauseweg endlich in seinen Plan eingeweiht hatte.

Bevor er mich bei meinen Eltern absetzte, waren wir zu Pepe Joe gegangen und teilten uns eine große Pizza und Pommes. Nachdem Pepe ihn auf seine Absichten überprüft und Lian schlussendlich als anständigen Kerl bezeichnet hatte, machten wir uns ans Eingemachte. Es war von Vorteil, dass ich Sparkle Heights und seine Bewohner kannte wie meine Westentasche.

Wenn alles klappte und das Interesse der Sparkler

groß genug war, würden wir nicht nur die Scheune in null Komma nichts wieder hergestellt haben. Nein, wir hatten eine weitere Überraschung für Edward im Ärmel und allein die Vorstellung, ihn glücklich zu sehen, ließ meinen Körper beben.

Wir hatten am selbigen Abend begonnen, herum zu telefonieren und heute in aller Früh war ich ein paar Geschäfte und Nachbarn abgelaufen. Ich liebte meine Stadt zwar schon vorher, aber all die prompten Zustimmungen und die Hilfe, die uns angeboten wurde, wärmte mich von innen.

Es waren nur noch wenige Tage. Lian und ich planten die große Überraschung für den Heiligen Abend und es wäre gelacht, wenn wir es nicht schafften. Ich erstellte Listen und Zeitpläne für all die Helfer und betete, dass der Schnee uns nicht noch einmal einen Strich durch die Rechnung machte.

Nein. Edward würde weder Prancer, Dancer, Dasher, Comet, Cupid, Vixen, Donner, Blitzen, Rudolph oder Sven hergeben müssen. Sie waren eine Familie und Familien durfte man nicht trennen.

Die folgenden Tage waren wie im Fluge vergangen. Die Nacht reihte sich an den Tag, der sich wiederum an die Nacht reihte und kaum, dass wir es uns versahen, waren es nur drei Tage bis zum Heiligabend. Wie zuvor verbrachten wir die Zeit bei Edward und es fiel mir unheimlich schwer, ihm nichts zu erzählen. Natürlich war er nicht auf den Kopf gefallen und bemerkte, dass wir irgendetwas im Schilde führten, doch wir blieben hartnäckig und verrieten kein Sterbenswörtchen.

Lian übernahm die zweite Schicht bei den Rentieren, die erste hatte ich heute Morgen gehabt und ich saß währenddessen mit Edward im Wohnzimmer vor dem Kamin. Er hatte es sich, nur unter Protest, auf dem Sofa gemütlich gemacht und legte sein verletztes Bein hoch. Vorgestern hatte Lian ihn zum Krankenhaus zu einem Behandlungstermin gefahren, bei dem herauskam, dass Edward sich mehr ausruhen sollte. Ich verstand, dass ihm das nicht gefiel, da er eigentlich ein aktiver Mann war. Doch jetzt musste er verstehen, dass er durch sein bockiges Verhalten alles nur verzögern würde.

Ich hatte mir einen Thron aus Kissen gebaut und mich so platziert, dass Edward mir nicht auf den Bildschirm meines Laptops schmulte. Es hatte mich enorme Überwindung gekostet, weder meine Mails zu lesen noch einen Blick in meinen Januar-Kalender zu riskieren, der vermutlich schon zum Bersten vollgepackt war. Stattdessen öffnete ich mein Illustrations- und Satzprogramm und begann, mich gestalterisch auszutoben. Mein Blick glitt dabei immer wieder zu Edward, dessen Schmollen mich an die zehn Mal zum Lachen brachte.

»Ich werde es dir nicht verraten«, erklärte ich ihm. »Das würde dir die große Überraschung verderben.«

Edward rümpfte die Nase. »Ich mag keine Überraschungen«, grummelte er und verschränkte die

Arme vor seiner Brust. »Seit Tagen habt ihr Geheimnisse vor mir«, beschwerte er sich und erinnerte mich an einen trotzigen Jungen aus der Junior High, statt an einen alten Mann, der glatt als Weihnachtsmann durchgehen konnte.

»Diese Überraschung wirst du lieben, glaub mir«, versicherte ich ihm und widmete mich wieder der Gestaltung des Flugblatts, das ich in einigen Geschäften und an jeder einzelnen Laterne anbringen würde, und wenn es mich die ganze Nacht kostete.

Es klopfte an der Tür und Lian steckte den Kopf herein. »Wer hat Lust auf Kakao?«, fragte er, woraufhin Edward ein brummendes *ich* von sich gab und Lian mich fragend musterte.

»Edward ist bockig«, flüsterte ich und wedelte mit der flachen Hand an meiner Kehle herum, wie um Lian das Wort abzuschnüren.

»Bin ich gar nicht«, grummelte er erneut und erntete dafür ein lautes Lachen von Lian.

»Ich koche uns dann mal Kakao«, sagte Lian und sein Kopf verschwand wieder aus der Tür.

»Komm schon, Genevieve«, bettelte er. Er versuchte es immer wieder aufs Neue, doch ich blieb standhaft und schüttelte den Kopf.

»Nope.«

»Du bist genau so dickköpfig wie dein Grandpa«, grinste er plötzlich und lehnte seinen Kopf in eins der großen Sofakissen.

»Danke«, murmelte ich und versuchte, den Kloß in meinem Hals zu ignorieren. »Ich wusste gar nicht, dass Grandpa Claus dickköpfig war«, murmelte ich und klappte meinen Laptop zu. Es fühlte sich falsch an, dieses Gespräch nur nebenbei zu führen.

Edward lachte laut. »Was? Das meinst du doch nicht ernst, Kind. Claus war der dickköpfigste Mensch, der mir jemals begegnet war. Aber, und das ist viel wichtiger, seine Loyalität war noch größer als sein Dickschädel.«

»Wie war er so als Freund?«, fragte ich vorsichtig. Ich wollte auf keinen Fall alte Wunden aufreißen, aber ich kannte ihn ja nur als meinen Grandpa.

Edward seufzte und suchte dann meinen Blick. »Er ist der beste Freund, den ich jemals hatte.«

»Du meinst, er *war* dein bester Freund.« Ich runzelte die Stirn, denn Grandpa war ja tot.

Edward schüttelte den Kopf. »Nein, er wird für immer mein bester Freund bleiben. Sein Tod ändert nichts an unserer Freundschaft.«

Seine Worte trieben mir prompt die Tränen in die Augen und ich schluchzte. Eine Gänsehaut bedeckte meinen gesamten Körper und ließ mich frösteln. »Das klingt schön«, flüsterte ich und wischte mir verlegen die nasse Spur einer Träne von der Wange, die in meinem Mundwinkel gemündet war.

»Dein Grandpa war sehr hilfsbereit und hat sich immer als erster gemeldet, wenn irgendwo Hilfe benötigt wurde«, erzählte Edward weiter und ich nickte währenddessen. »Er war laut, erzählte ständig Witze und lachte so inbrünstig, dass er damit jeden ansteckte.«

»Das klingt nach Grandpa Claus«, lächelte ich. »Als wir Kinder waren, hatte er auch immer nur Blödsinn mit uns verzapft, was Mom und Dad manchmal zur Weißglut getrieben hat.«

»Das kann ich mir vorstellen. Noch als junger Erwachsener hatte er nur Flausen im Kopf und scheute nie davor, jemanden in die Pfanne zu hauen. Allerdings hat er nie jemandes Gefühle verletzt. Niemals«, versicherte Edward mir. »Unter der Gürtellinie auszuteilen war nicht sein Ding. Außerdem konnte er prima über sich selbst lachen. Er hat das Leben nie all zu ernst genommen«, erinnerte Edward sich mit einem leichten Lächeln und Tränen in den Augen. »Ich erinnere mich wirklich gern an ihn«, schloss er seine Erzählung und zeigte auf meinen Laptop. »Und jetzt mach weiter, was auch immer du da tust.«

»Danke«, hauchte ich und atmete tief ein, »dass du mir das über ihn erzählt hast.« Ich blinzelte ihm einmal zu und klappte wieder das Display des Laptops hoch, um den letzten Feinschliff vorzunehmen, ehe ich es auf meinen kleinen USB-Stick zog, mit dem ich heute Abend zur Druckerei fahren würde.

Kapitel 34

Heiligabend war gekommen.

Als ich heute früh die Augen geöffnet hatte, durchströmte mich dieses Gefühl vollkommener Zufriedenheit. Mein Körper kribbelte bis in die Fingerspitzen und ein Lächeln stahl sich auf mein Gesicht. Heute war der Tag im Jahr, den ich schon immer am meisten geliebt hatte. Am Morgen des 24. Dezembers verwandelte sich die Luft um mich herum in reinste Magie. Der Schnee vor meinem Fenster rieselte in großen Flocken auf die Erde, die strahlende Sonne versprach hingegen, ein herrlicher und vor allem sicherer Tag zu werden.

Euphorisch hatte ich die Beine aus dem Bett geschwungen und war zu meinen Eltern in die Küche gestoßen, die traditionell Zimt in das Kaffeepulver gemixt hatten und dabei waren, Pancakes mit selbstgemachter

Zimtsauce und Schlagsahne vorzubereiten. Es war schade, dass Gemma nicht da war. Zu gern hätte ich das Frühstück mit Mom, Dad und meiner Schwester verbracht.

»Wir sehen uns nachher?«, verabschiedete ich mich von meinen Eltern, bevor ich wie gewohnt von Lian abgeholt wurde.

Sie nickten und Mom warf mir eine Kusshand zu. »Natürlich, bis nachher«, rief sie mir nach, als ich die Tür hinter mir ins Schloss zog. Ich hatte weder Mom noch Dad verraten, was Lian in den letzten Wochen für mich geworden war. Zwar hatten wir nicht offiziell darüber gesprochen, wie es mit uns weitergehen sollte, doch ich spürte, dass es mit uns noch lange nicht vorbei war. Im Gegenteil, unser gemeinsamer Abschnitt fing gerade erst an. Ich stapfte durch den Schnee im Vorgarten zur Garage, wo ich einen riesigen Sack an Dekoration zwischengelagert hatte und schulterte diesen.

»Hi, Mrs. Santa«, begrüßte mich Lian, stieg aus dem Wagen aus, um mir den Sack abzunehmen und mir einen kurzen aber intensiven Kuss auf die Lippen zu drücken. Das hatte er schon die letzten Morgene getan, daher ging ich davon aus, dass Mom und Dad es eh längst wussten. Wie Spione würden sie vor dem Fenster sitzen und durch die Gardine blinzeln. Ich fragte mich ja, wie lange Mom sich noch zurückhalten würde, ehe sie mich mit ihrem Fragenkatalog erschlug.

»Hast du alles?« Lian verstaute den Sack voll Deko in seinem Kofferraum, der bereits mit weiterem Equipment vollgestopft war, das wir nachher benötigten.

Ich nickte und hielt mein Handy in die Höhe. »Jep, ich muss gleich nochmal Mr. Tanner anrufen und fragen, ob alles klappt. Ansonsten haben wir ja gestern alles geklärt«, plapperte ich aufgeregt drauf los. »Hoffen wir mal, dass alles genau so läuft, wie wir es uns vorgestellt haben.«

»Bestimmt«, versicherte Lian, drehte den Zündschlüssel und der Motor heulte auf. Er lenkte das Auto seinen gewohnten Weg bis zur *Penfold Rentierfarm* hinauf.

Wir blieben kurz im Auto sitzen, um unseren Plan ein weiteres Mal durchzusprechen. »Also, wir müssen Edward heute unbedingt von der Küche fernhalten, damit er nicht sieht, was hier alles passiert«, ich senkte die Stimme, obwohl Edward nicht hier war.

Lian nickte grinsend. »Einer von uns bleibt ganz einfach immer bei ihm im Wohnzimmer.«

»*Einfach*«, wiederholte ich schnaubend. »Edward ist neugieriger als Blitzen«, maulte ich und dachte an das Rentier, das immer wissen wollte, was ich in meiner Jackentasche versteckte.

Das Klingeln von Lians Handy unterbrach uns und er nahm den Anruf entgegen. »Ja?« Er nickte, grinste mich an und hielt den Daumen in die Höhe. »Okay, super, bis gleich«, verabschiedete er sich und ließ das

Handy in seine Jackentasche gleiten. »Sie sind schon auf dem Weg, wir sollten jetzt reingehen und Edward ins Wohnzimmer verfrachten.«

»Jap, los geht's.« Ich klatschte aufgeregt in die Hände und öffnete meinen Sicherheitsgurt, um auszusteigen. Erst nach dem zehnten Mal hatte ich herausgefunden, wie man dieses dämliche, klemmende Schloss austrickste.

Zehn Minuten später saßen wir mit einem trotzigen Edward im Wohnzimmer. »Ich weiß genau, warum ihr mich in meiner eigenen Stube festhaltet«, meckerte er. »Irgendetwas passiert da draußen und ihr wollt nicht, dass ich es sehe.«

»Richtig«, gab ich schulterzuckend zu und erntete einen vernichtenden Blick von Lian.

»Warum verrätst du es?«, fragte dieser entrüstet.

Ich lachte und band mir meine Haare zu einem unordentlichen Dutt, damit mir die Locken nicht immer vor dem Gesicht herumhüpften. »Edward ist nicht doof und er weiß ja nicht, was da draußen passiert.«

»Stimmt auch wieder«, lenkte Lian ein, nachdem er mich für ein paar Sekunden taxiert hatte, »also, ich muss dann mal ... nach den Rentieren sehen«, hüstelte er und verließ flugs das Zimmer.

»Ich glaube, er hat gerade geschwindelt«, grinste Edward mich an und schüttelte langsam den Kopf.

»Ich glaube auch«, stimmte ich ihm zu und biss mir

auf die Unterlippe. Flunkern war eindeutig keine seiner Stärken, was mir zweifelsfrei nur zu Gute kommen würde - da war ich mir sicher.

Kapitel 35

»Was machst du denn hier?« Lian fasste mich an den Oberarmen und warf einen gehetzten Blick hinter mich.

Lachend schubste ich ihn von mir. »Keine Sorge, Edward ist im Wohnzimmer«, versuchte ich Lian zu beruhigen.

»Und wenn er herauskommt?«, grübelte er laut und verzog den Mund.

»Wird er nicht«, beharrte ich. Er war wirklich süß, wenn er Angst hatte, dass seine Überraschung platzte.

»Und du bist dir so sicher, weil?« Er verschränkte die Arme vor der Brust und zog die Augenbrauen hoch.

»Er tief und fest schläft«, erklärte ich schmunzelnd.

»Er könnte aufwachen«, mutmaßte Lian.

»Das hoffe ich doch«, erwiderte ich und versuchte, das aufgeregte Kribbeln in meinem Kiefer zu ignorieren, das immer dann einsetzte, wenn Lian und ich ein Wortgefecht austrugen.

Stöhnend warf er den Kopf in den Nacken und stupste mir darauf lachend gegen den Oberarm. »Du weißt, wie ich das meine.«

»Ich werde Edward nachher verraten, dass du gehofft hast, er würde nicht aufwachen«, trällerte ich provozierend und lief an ihm vorbei.

»Wirst du nicht«, rief er mir hinterher, »Genevieve, ich bitte dich.« Ich hörte, dass er lächelte und allein die Vorstellung seines Lächelns ließ die Rentiere in meinem Bauch Hip-Hop tanzen.

»Halt mich doch davon ab.« Ich sang eher, als dass ich sprach, und drehte mich im Gehen zu ihm um. Er stand mit in die Hüften gestemmten Händen da und sah mir hinterher. Kopfschüttelnd wandte er sich ab und lief zu seinem Wagen, um weitere Deko daraus hervorzuholen.

»Hi ihr«, begrüßte ich ein paar helfende Sparkler und winkte in die Runde. »Danke, dass ihr dabei helft, Edward wird sich riesig freuen.«

»Das ist doch selbstverständlich«, winkte Mrs. Broom ab, die gerade auf der obersten Sprosse einer Leiter saß, um Lichterketten unter das Dach der Scheune zu hängen.

»Wow«, entkam es mir, als ich den Blick über all die Deko schweifen ließ. »Das habt ihr einfach großartig gemacht«, hauchte ich und war den Tränen nahe.

»Oh Kindchen«, mischte sich Mrs. Nicholls ins Gespräch mit ein und zeigte mit ihrer freien Hand in die Scheune hinein, wo mehrere Kartons standen. »Das ist lange nicht alles, wir haben viel mehr zusammengetragen.«

Ich klatschte euphorisch in die Hände und strahlte die Frauen an. »Ich helfe euch«, bot ich an und lief herüber zu den Kisten, um mir einen Überblick zu verschaffen.

Die Stirn runzelnd schlenderte ich zu ihnen zurück. »Wofür ist denn der ganze Baumschmuck in den Kisten?«

Alle drei Frauen lachten gleichzeitig und ich kam nicht mehr mit. »Na für den Weihnachtsbaum«, erklärte Mrs. Nicholls, doch ich verstand nur Bahnhof.

»Weihnachtsbaum?«, wiederholte ich verdattert. »Aber wir haben doch gar keinen hier.«

Sofort breitete sich Traurigkeit in ihren Gesichtern aus. »Aber Elaines Neffe hat uns doch aufgetragen, so viel Baumschmuck wie möglich mitzubringen.«

Neffe. Sie sprach von Lian, aber ich wollte sie nicht berichtigen und ihr erklären, dass Lian ihr Patensohn war. Stattdessen nickte ich und war mit meinen Gedanken schon einen weiteren Schritt voraus. »Entschuldigt mich«, murmelte ich und lief herüber zu ein paar Männern, die dabei waren, mehrere Tische aufzubauen.

»Hi Genevieve«, begrüßte mich Maxwell, ein Freund

von meinem Dad. »Echt klasse, was du und dein Freund hier für den alten Edward macht«, lobte er mich und ich spürte, wie mir sofort die Hitze ins Gesicht schoss. *Mein Freund.* Wirkten Lian und ich etwa so, als wären wir ein Paar? Oder steckte Dad hinter diesem Gerücht?

»Danke«, nuschelte ich. »Schön, dass ihr hier seid und helft, das bedeutet mir eine Menge.«

»Das ist doch selbstredend«, nickte er mir zu und widmete sich wieder dem Tischaufbau, was mir gelegen kam. Ich war einfach nie fähig für Small Talk gewesen. Je weiter ich in die Scheune hineinging, desto lauter wurde das Klopfen und Hämmern, das mich an die schreckliche Nacht erinnerte, als wir die Rentiere und die Scheune gerettet hatten.

Ich ging immer weiter und entdeckte Ben und seine Kollegen, die dabei waren, weitere Stützbalken zu montieren.

»Hey«, begrüßte ich ihn und lächelte zurückhaltend.

»Hi, Eve«, winkte er mir geschäftig zu und zeigte auf das Konstrukt. »Das ist zwar noch lange kein neues Dach, aber es wird dafür sorgen, dass hier erstmal nichts mehr einstürzt«, erklärte er seufzend.

»Wir werden also heute alle sicher in der Scheune stehen können, ja?«, schmunzelte ich und zwinkerte ihm zu.

»Ja, das auf jeden Fall«, versicherte er mir, rieb mir freundschaftlich über den Oberarm und half einem seiner Kollegen, einen Balken zu positionieren.

»Bis nachher, ihr bleibt doch, ja?« Ich hatte die Hände wie ein Sprachrohr an meinen Mund gelegt, um das Geräusch der elektrischen Säge zu übertönen, die gerade angeworfen wurde. Als Antwort reckte Ben seinen behandschuhten Daumen in die Höhe.

Ich lief zurück zum Haus, wo just in diesem Moment erneut Helfer ankamen. Bald würden hier so viele Autos stehen, dass eh niemand wieder fahren konnte.

Aus einem der Wagen stieg Nina, eine meiner Freundinnen aus der Schulzeit. Wir hatten zwar nur sporadisch Kontakt, doch gehörte sie zu der Sorte Freundinnen, bei der mein Magen sofort aufgeregt hüpfte, wenn ich sie sah.

»Nina«, rief ich und sie sah sich suchend um. Ich machte ausladende Winkebewegungen mit den Armen und erkannte, dass sie breit anfing zu grinsen, als sie sah, dass ich auf sie zukam.

»Eve«, quietschte sie und lief auf mich zu. Wir schlangen die Arme umeinander und schenkten uns gegenseitig eine fette Umarmung. »Es ist so schön, dass wir uns sehen«, lächelte sie.

»Das finde ich auch.« Ich zeigte auf ihren Rücksitz. »Was ist das alles?« Neugierde breitete sich in mir aus.

»Spekulatiuscreme, Weihnachtstorte, Weihnachtstiramisu, Winterbeerenpudding, Zimtkekse -«, zählte sie auf und zeigte bei jedem Wort auf einen anderen Behälter.

»Stopp, stopp, stopp«, lachte ich und unterbrach sie.

»Hast du das alles gebacken?«

Sie schüttelte aufgeregt den Kopf und tippelte nervös von einem auf den anderen Fuß. »Nicht allein, wir haben uns echt eine ganze Weile nicht mehr gesehen«, seufzte sie, »bei mir ist so viel passiert.«

»Erzähl«, bat ich sie und biss mir voller Vorfreude auf die Unterlippe.

»Seit diesem Sommer habe ich eine kleine Bäckerei und Konditorei«, platzte sie stolz hervor und hielt sich aufgeregt die Hände vor den Mund.

»Was? Wow, das ist ja großartig, Nina. Herzlichen Glückwunsch«, gratulierte ich ihr. »Hier in Sparkle Heights?«

Sie nickte und legte den Kopf schief. »Ja, es hat mich irgendwie immer wieder hierher zurückgezogen«, murmelte sie und zuckte mit den Schultern. Ich bekam einen dicken Kloß im Hals, als ich sah, wie ihre Augen anfingen zu strahlen. Nicht, weil ich mich nicht für sie freute, ganz im Gegenteil. Sie war mir einen gewaltigen Schritt voraus und ich bewunderte sie dafür.

»Das ist der Hammer«, bekräftigte ich und zeigte in ihr Auto.

Sie nickte eifrig und wischte sich nervös ihre Haare hinter die Ohren. »Eve?«, piepste sie leise und schluckte.

Ich wollte mich just in diesem Moment entschuldigen, um zurück ins Haus zu marschieren und nach Edward zu schauen. Überrascht von ihrem Tonfall legte ich den Kopf schief, runzelte die Stirn und lächelte. »Ja?«

Nina öffnete den Reißverschluss ihrer Jackentasche und holte ein zusammengefaltetes Blatt Papier heraus, das ich gleich als einen meiner Flyer erkannte. »Hast du das gemacht?«, fragte sie und ich schluckte nervös.

»J-ja«, nickte ich und spürte, wie meine Ohren anfingen zu glühen.

»Ich weiß gar nicht, wie ich das fragen soll«, druckste sie herum und schaute immer zwischen dem Blatt und mir hin und her, was mir ein Lachen entlockte.

»Hau einfach raus«, ermutigte ich sie gespannt.

»Kannst du mir vielleicht dabei helfen, Werbung und meinen Internetauftritt zu gestalten?« Sie sprach so schnell, dass die Worte beinahe an mir vorbeigeflogen waren und ich ein paar Sekunden benötigte, um ihre Frage zu verstehen.

»Du willst, dass ich dir beim Marketing helfe?«, wiederholte ich ihre Worte sinngemäß.

Sie nickte schüchtern. »Ja, ich bezahle dich natürlich dafür«, warf sie schnell hinterher. »Mein Budget ist zwar nicht riesig, aber ich möchte dich dafür bezahlen.«

Ich schüttelte den Kopf, um sie zum Schweigen zu bringen. »Ich mache das sehr, sehr gern«, lächelte ich. »Aber bezahlen musst du mich nicht«, winkte ich ab. »Ich mache das wirklich gern.«

»Nein, nein, nein.« Sie schüttelte den Kopf und hob einen Zeigefinger in die Höhe. »So fangen wir gar nicht erst an«, beharrte sie. »Du erbringst mir eine Leistung und ich zahle dafür. Ich weiß doch selbst, wie schwierig es ist, aus freundschaftlichen Gefallen irgendwann eine Geschäftsbeziehung zu machen.«

Perplex starrte ich sie an. »Ge-Ge-Geschäftsbeziehung?«

»Ja«, erklärte sie mit Nachdruck. »Wer sagt denn, dass Freunde nicht auch gegenseitige Kunden sein können?«

»Niemand?«, fragte ich und fing langsam an zu lachen. »Okay«, nickte ich.

»Okay?«

»Ich helfe dir super gern, aber du bekommst einen fetten Rabatt«, zwinkerte ich ihr zu.

»Das klingt perfekt«, lachte sie und fiel mir um den Hals. »Ich bin übrigens immer noch so pingelig wie früher.«

Ich warf den Kopf in den Nacken und lachte lautstark. »Oh nein, was hab ich mir nur angetan?«, witzelte ich und mein Blick fiel auf die Leckereien auf ihrem Rücksitz. »Aber dafür wirst du ja auch nicht bezahlt.« Ich zeigte mit dem Daumen auf die ganzen Schüsseln.

Sie zuckte nur mit den Schultern. »*Das* ist ehrenamtlich«, verdrehte sie die Augen. »Werd mal jetzt nicht kleinlich«, neckte sie mich.

Kapitel 36

»Bist du bereit?«, flüsterte ich Edward zu. Ich hatte ihm dabei geholfen, den dicken Wintermantel anzuziehen, seinen Hals mit einem breiten Schal umwickelt und ihm eine Mütze aufgesetzt.

»Ja, Mama«, stöhnte er und ich fing an zu lachen.

»So schlimm bin ich nun auch nicht.«

»Du hast mich angezogen«, erklärte er monoton. »Als wäre ich drei Jahre alt.«

Ich stupste ihm gegen den Oberarm. »Kann es sein, dass du etwas brummig bist, weil du weißt, dass du gleich überrascht wirst?«

»Mh«, grummelte er nur und zog die Augenbrauen zusammen.

»Also, bereit?«, fragte ich erneut, während ich den Reißverschluss meiner Winterjacke schloss und mir Handschuhe überstreifte.

»Ja. Immer noch«, grinste er und verdrehte die Augen.

Genau in diesem Moment klopfte es von außen gegen die Haustür und ich öffnete sie. Dort stand Lian und strahlte uns so glücklich, aber auch nervös an, wie ich es bei ihm noch nie gesehen hatte. Mein Herz schlug bei seinem Anblick einen Takt schneller und stolperte das eine oder andere Mal über sich selbst.

»Seid ihr bereit?«, fragte Lian und ich grunzte vor Lachen.

»Das kann doch nicht wahr sein«, verdrehte Edward die Augen und versuchte, sein Grinsen hinter seinem Schal zu verstecken.

»Wir sind bereit«, antwortete ich für uns beide.

»Na dann«, er trat beiseite und half Edward die eine Stufe herunter.

»Was ist denn das?«, rief dieser aus und blieb mit offenem Mund stehen.

Ich zog die Tür hinter uns ins Schloss und stellte mich neben ihn. »Das«, ich zeigte vor uns, »ist das Gefährt für unseren heutigen Ehrengast«, grinste ich. »Komm, Edward«, bat ich ihn und setzte einen Schritt vor.

Vor uns stand ein großer Schlitten, vor die Dasher und Vixen, Rudolph und Donner und Prancer und Sven gespannt waren. Ich hörte leises Glockenbimmeln, das von den Rentieren ausging.

Irgendjemand musste kleine Glöckchen an die Halfter angebracht haben - was für eine fabelhafte Idee!

»Aber wo fahren wir denn hin?«, stotterte Edward überfordert und ich sah, dass sich Tränen in seinen Augen sammelten. Sofort bildete sich da wieder der Kloß in meinem Hals, der gleichzeitig auf meine Tränendrüsen zu drücken schien. Ich konnte andere Menschen nicht weinen sehen, ohne selbst zu zerfließen.

»Das wirst du schon sehen.« Lian öffnete die kleine Tür an der Kutsche und wartete, dass wir zu ihm kamen. Edward war der Erste, der sich bewegte und ich atmete erleichtert aus. Zwar war er alles andere als ein Griesgram, doch die Idee mit der Kutsche hätte auch nach hinten losgehen können. Immerhin war er zurzeit nicht sehr mobil.

»Gib mir deine eine Krücke und stütz dich auf meiner Schulter ab«, erklärte Lian, der sich schon im Voraus überlegt hatte, wie wir Edward am einfachsten in diesen Schlitten bekamen. »Dann machst du einen Schritt nach oben und schon bist du drin, okay?«

»Okay!« Edward nickte und tat genau, was Lian von ihm verlangte.

Wenige Augenblicke später setzte sich der Schlitten in Bewegung und das Klingeln der Glocken fand seinen Takt im Gleichschritt der Rentiere.

»Ich fühle mich, als wäre ich der Weihnachtsmann«, grinste Lian, der die Zügel in der Hand hielt.

Es dauerte nicht lange, bis die Scheune in Sicht kam und ich bemerkte, wie sich Edward neben mir versteifte. »Das ist für dich«, flüsterte ich ihm zu und stupste ihn mit meiner Schulter an.

»Aber warum?«, flüsterte er, da seine Stimme brach.

»Weil du ein Teil von Sparkle Heights bist«, erklärte ich leise und wischte ihm eine Träne von der Wange. »Genieß es, okay?«, bat ich ihn und er nickte zustimmend.

Als wir vor der Scheune anhielten, warteten unzählige Menschen auf uns. Sie alle standen dicht beisammen neben einem riesengroßen Weihnachtsbaum, den Lian nicht nur vor Edward, sondern auch vor mir geheim gehalten hatte. Als Edward mit Lians Hilfe ausstieg und sich zu den Menschen drehte, fingen plötzlich alle an zu klatschen und begrüßten ihn.

Edward suchte sprachlos nach unseren Blicken und dann zeigte Lian auf eine große Plane, die an der Wand der Scheune befestigt war. Mir wurde erst eiskalt, dann heiß und letzten Endes brannten mir Tränen in den Augen. Mit zittrigen Knien lief ich einen Schritt auf Lian zu. »Wann hast du das denn machen lassen?«, murmelte ich.

»Tja«, zwinkerte er mir zu und legte einen Arm um meine Schulter. »Das bleibt mein Geheimnis.«

Er hatte meinen Flyer auf eine Plane drucken lassen und es machte mich auf seltsame Weise stolz, ihn so übergroß dort hängen zu sehen.

Helft Edward und seinen Rentieren.

In weihnachtlichen Buchstaben hatte ich geschrieben, wie es um das Scheunendach und die Rentiere stand und mit diesem Flyer zu einem kleinen Event aufgerufen. Rentierstreicheln, Glühweintrinken und weihnachtliche Leckereien essen für den guten Zweck.

Ich ließ den Blick über all die Menschen gleiten, die hier waren. Nahezu jeder von ihnen hielt ein Glas mit einem dampfenden Getränk in der einen Hand und etwas zu Essen in der anderen. Kinder streichelten die Rentiere und warfen ihr Taschengeld in die kleinen Spardosen, die wir um die Hälse der Rentiere gebunden hatten.

»Genevieve«, drang Edwards kratzige Stimme an mein Ohr. »Was ist das hier?«

Ich schüttelte lächelnd den Kopf. »Erkennst du es denn nicht? Das hier ist die Rettung deiner Scheune. Du wirst keines der Rentiere weggeben müssen, Edward. Alles hier ist ehrenamtlich entstanden.« Wie um meine Aussage zu bekräftigen, zeigte ich mit dem Arm von Stand zu Stand. »Manche haben beim Dekorieren geholfen, andere beim Aufbau. Ein paar haben sich bereit erklärt, Getränke mitzubringen, andere standen den ganzen Tag in der Küche und wieder andere haben den Platz hier vom Schnee befreit.«

»Aber warum?«, schluchzte Edward und ich legte

den Kopf schief.

»Weil du ein großartiger Mensch bist«, lächelte ich ihn an und entdeckte meine Eltern aus dem Augenwinkel. Mom stupste Dad an, der nervös zu uns herüberschaute. »Ich glaube, da möchte dich jemand sprechen«, flüsterte ich ihm ins Ohr, winkte Dad zu uns und entfernte mich ein Stück.

Ich ließ den Blick umherschweifen und schlenderte, die Hände tief in meinen Jackentaschen vergraben, durch die Menge. Überall blinkte, glitzerte und leuchtete es. Hier und da entdeckte ich Zuckerstangen, Mistelzweige, kleine Rentiere und Weihnachtsmänner. Sogar selbstgebastelte Papiersterne hingen von der Scheunendecke. Was die Menschen hier heute geschaffen hatten, war bezaubernd und ich wusste schon jetzt, dass dies hier der wunderbarste Heiligabend werden würde, den ich jemals erlebt hatte.

Plötzlich verstummten sämtliche Gespräche und ich bemerkte verwundert, wie sich alle Gesichter in eine Richtung drehten. Ich folgte ihren Blicken und als ich sah, was ihre Aufmerksamkeit auf sich zog, stockte mir der Atem.

»Lian«, hauchte ich und biss die Zähne aufeinander. Meine Hände zitterten wie Espenlaub, meine Knie wurden weich wie Wackelpudding und in meinem Magen fühlte es sich an, als wären die Rentiere in einen Sturm geraten. Dort vor dem Weihnachtsbaum stand ein einzelner Stuhl, auf dem Lian soeben Platz genommen hatte.

Vor ihm stand ein Notenständer und zwischen seinen Beinen hielt er ein Cello. Ich suchte seinen Blick und als ich auf ihn traf, blitzte es zwischen uns. Er hatte die Lippen angestrengt zu einer schmalen Linie zusammengekniffen und sogar aus der Entfernung sah ich, wie er mit den Tränen kämpfte.

Unterstützend nickte ich ihm zu und er atmete einmal tief ein und aus, ehe er die Augen schloss und ein erster, traumhafter Ton durch die Luft schwebte. Er stimmte *Winter Wonderland* an und jede einzelne Note drang direkt in mein Herz ein.

Niemand sprach nur ein einziges Wort und ich entdeckte Elaine inmitten der Menge, die sich ein Taschentuch an die Augen drückte. Ich selbst hatte längst aufgegeben, meine Tränen zurückhalten zu wollen. Sie rannen mir die Wangen herunter und ich schluckte mehrmals, um Luft zu bekommen.

Für viele hier war er einfach nur ein Mann mit einem Cello. Doch ich wusste, was für eine große Geste das von ihm war, was für ein enormer Schritt. Während ich so zwischen all diesen Menschen stand, eine weiße Schneedecke unter mir und Personen in meiner Nähe, die ich liebte und die mich liebten, traf ich eine Entscheidung.

Als das Lied endete, brach die Menge in tosenden Applaus aus. Alle, die nichts in den Händen hielten, klatschten lautstark, die anderen jubelten und pfiffen. Ich selbst stand nur da und besah Lian mit Tränen in den Augen. Er stand auf und lehnte sein Cello gegen den Stuhl, kam direkt auf mich zu und mir war es egal, dass ihn fast alle Augen verfolgten.

»Das war wunderschön«, schluchzte ich und schlang meine Arme um seinen Hals.

Er griff mich um die Taille und zog mich eng an sich. »Danke, Genevieve. Danke«, hauchte er an mein Ohr.

»Wofür?«, flüsterte ich und wischte ihm eine einzelne Träne von der Wange, die sich ihren Weg über sein Gesicht gesucht hatte.

»Dafür, dass du Weihnachten wieder zu etwas Schönem gemacht hast.« Er senkte den Kopf langsam zu mir herunter und küsste mich hier vor all den Leuten. In mir explodierte ein Feuerwerk und in dem Moment, in dem sich unsere Lippen berührten, gab es nur noch uns beide.

»Danke«, flüsterte ich zwischen zwei Küssen an seine Lippen.

Er lächelte. »Wofür?«

Ich sah ihm in seine dunkelblauen Augen. »Dank dir weiß ich jetzt, worauf es im Leben ankommt«, erklärte ich leise.

»Ach ja?«, schmunzelte er und hielt mich fest.

Ich nickte. »Ja. Ich möchte hier in Sparkle Heights bleiben.« Meine Stimme bebte. »Mit dir. Gemeinsam.«

Lian senkte seinen Mund auf meinen. »Okay«, flüsterte er während des Kusses und meine Knie wurden so schwach, dass ich froh darüber war, von ihm gehalten zu werden.

Ich konnte nicht wissen, was morgen oder nächste Woche sein würde, ob ich es endlich schaffte, meiner Schwester näher zu kommen oder wie ich mir mein Geld in Sparkle Heights verdiente. Aber ich hatte etwas verstanden.

Sich vor der Zukunft zu fürchten und seine Gegenwart mit Sorgen vollzustopfen, brachte nichts. Die Zukunft kam, so oder so. Warum entschied man sich dann nicht gegen die Angst?

Auch wenn wir ein wenig nachgeholfen hatten, war das hier unser Weihnachtswunder.

Es gab sie eben doch.

Danksagung

Wie auch für Genevieve hat die Weihnachtszeit einen hohen Stellenwert für mich. Das wäre nicht so, wenn du, Mama, nicht immer dafür gesorgt hättest, dass diese Zeit so schön wird. Es sind die einfachsten Dinge, die wichtig sind: Lichter in den Fenstern, Plätzchenbacken, Weihnachtsbasteln, Singen, Rodeln und während des Abendessens der Weihnachtspyramide beim Drehen zusehen. Nicht umsonst bedeutet mein Name ‚Die zu Weihnachten Geborene'. Danke!

Pauli. Danke, dass du mir (fast) ohne zu Murren den Schreibtisch überlassen und mich so fleißig bei diesem Projekt im Hintergrund unterstützt hast. Du bist mein kleiner Weihnachtself!

Danke an meine Oachkatzlgang Jo D. Shannon, Elica Joyton und Jacqueline V. Droullier. Ihr baut mich auf, wenn alles schiefläuft und seid mit mir zusammen schon zeitig ins Weihnachtsfieber gestartet. Schön, wenn man nicht die einzige Weihnachtsverrückte ist!

Danke an Sari, Elly, Stephie, Anna und Wiebi, dass ihr die Geschichte um Genevieve und Lian gelesen, mich motiviert und mit Ideen versorgt habt, wenn es mal gehakt hat. Ihr seid Schätze!

Und danke Ney Ney! Ohne unsere allabendlichen Schreibdates wäre It's Christmas, Eve nicht so schnell gewachsen. Wer behauptet, Schreiben wäre eine einsame Beschäftigung, hat absolut keine Ahnung.

Über die Autorin

Natalie Elin wurde 1991 während einer Schneesturmnacht in Berlin geboren, wo sie mit Freund, Kater und viel zu vielen Büchern noch immer lebt. Sie arbeitet in der Marketingbranche, liebt das Reisen, und wünscht sich einen eigenen Campervan, nachdem sie 2018 die Ostküste Australiens in einem erkundet hat.

Egal, wo sie sich gerade herumtreibt: Die Finger stehen nie still und das Gedankenkarussel läuft stets auf Hochtouren, um sie mit neuen Ideen zu versorgen. Wenn sie könnte, würde sie den ganzen Tag lesen, schreiben, Kaffee trinken und am Meer sitzen.

 frau.nat
 fraunat.wordpress.com
 frau.nat@aim.com
 Natalie Elin

Weitere Werke

Catching Hope - Piper Verlag 03|20

Sie ist eine aufstrebende Journalismusstudentin, die hart für ihren großen Traum arbeitet. Er steht nach einem schweren Unfall im Schatten seines älteren Bruders und will zurück auf den Basketballplatz – eine Sports Romance um zwei ganz unterschiedliche Menschen…

Für Leighton geht es nach einer schwierigen Kindheit endlich bergauf: Sie studiert in Chicago Journalismus und hat noch dazu einen begehrten Aushilfsjob bei der Chicago Tribune ergattert.
Welch Ironie des Schicksals, dass sie sie ausgerechnet in der Sportredaktion landet und das Nachwuchstalent der Windy City Bulls interviewen soll. Ob das gut geht? Schließlich hat Leighton keine Ahnung von Sport und schon gar nicht von Basketball.

Mavis ist überzeugter Single.
Erst recht, als ihre beste Freundin Mona ihr ein gruseliges Date nach dem anderen aufdrängt.
Doch dann lernt sie eines Tages Henry kennen.

Irgendwie schafft der Kerl es, sich direkt in ihr Herz zu schleichen und sie alle Vorsicht vergessen zu lassen. Bald spürt sie, dass irgendetwas mit ihm nicht stimmt. Er hat ein Geheimnis, das er versucht zu verstecken.

Bevor sie ihn kennenlernte, hätte sie nicht im Traum gedacht, jemals zu der Sorte junger Frauen zu gehören, die sich aus Liebe selbst vergessen und alles für einen Mann geben würden …